密室與蒼蠅

HUIS CLOS suivi de LES MOUCHES

Jean-Paul Sartre

沙特——著
嚴慧瑩——譯

目次

譯注：這兩本劇本中沙特經常藉由敬稱（您）與平語（你）傳達人物之間的關係、與人物心境的轉變，因此往往在這兩者間跳躍，而這種來回切換的情況在一般對話中幾乎不可能出現，請讀者切莫認為是筆誤或是翻譯錯誤。

導讀

當自由成為關鍵詞

羅仕龍（國立清華大學中文系副教授）

在社群媒體高度發達的今天，閱讀沙特的《密室》往往特別有感。網路幾乎不斷訊的分分秒秒，一打開手機，我們與許多認識的、不認識的人共處在同一個框框裡，有如進入光鮮亮麗卻跳脫不了的密室。我們不吝惜在有限的螢幕裡點評各種人事物，也在螢幕裡急切等待著別人給予我們評價。然而，在這個劃定的框架裡，我們究竟如何成為我們？我們是純粹因為自我理解而存在，抑或是建立在他人的想像與投射而存在？

一九四四年五月底，沙特劇本《密室》在巴黎老鴿舍劇院首演。舞臺上當然沒有手機與網路，而是將劇情設定在人死後的地獄裡。這個地獄沒有令人恐懼的刑具或陰森景象，只有浮誇華麗的裝飾風格。一個男性記者、一個郵局退休女職員，還有一個有錢貴婦，三人彼此探聽對方的過去，看似敞開心扉卻又支吾其詞，不時隱瞞自己不欲為人知的祕密。三人堂而皇之的言詞裡，藏有不願被揭露的瘡疤，卻又必須在他人的評論之中確認自己曾經存在的事實，以致於即使有機會離開此地，卻又不可能真的一走了之。

「地獄，即他人」。《密室》劇中男主角的名言，八十多年後的今天聽來依舊如此令人心驚。他人對於我們個人至關重要，因為個人對於自我的認識，有相當大一部分是來自於他人對我們的觀察。沙特曾在一九六四年接受訪談時指出，當我們談到關於自己的一切時，從來不是完完全全來自於自我的認知，其中必定摻雜了他人的評價。個體的存在，因此建立在與他人的各種關聯之上。地獄之所以是他人，乃是由於我們過度依賴他人的評價。網路時代裡，互有牽連的個人未必處於同一個實體空間內，但彼此之間的評論與觀察依存得更加緊密。地獄，或許早已經無邊無際地蔓延。

從政治的角度來看，《密室》則影射了二戰期間的局勢。納粹德國控制下的法國，雖然表面看起來歌舞昇平，實際上卻是令人窒息得無路可出，自由的空氣令人引頸期盼。

一九四三年六月初，也就是《密室》首演的前一年，沙特的另一個劇本《蒼蠅》在巴黎西堤劇院首演。沙特和他的伴侶西蒙・德・波娃因此結識年僅三十歲的卡繆，並希望卡繆演出《密室》的卡爾山一角。雖然卡繆最後並沒有演出《密室》，但沙特與卡繆這兩位存在主義作家的名字，迄今仍總被相提並論。

戰爭的低氣壓籠罩著巴黎。《蒼蠅》劇中台詞每一次出現「自由」的字眼，彷彿都要引起觀眾一陣騷動。正如劇中男主角奧亥斯特所說：「我是自由的……自由像雷一般打到了我。」不論此言是否劍指納粹，沙特藉由重寫希臘神話的阿特柔斯家族復仇故事，向讀者與觀眾揭示如何才能達成個人的解放與絕對自由。

歷來取材自上述復仇故事的劇本不少，西元前五世紀希臘劇作家艾斯奇勒斯的悲劇《奧亥斯提亞》三部曲就是最有名的例子。劇中奧亥斯特為報父仇，手刃生母與叔父，卻因此違逆萬王之王宙斯（即羅馬神話所稱的朱比特）所主張的天道，被復仇三女神追索至天涯海角。劇末雅典娜女神主持公道，以投票方式定奪奧亥斯特的懲處輕重，被後世視為人類走向文明與民主制度的發端。

《蒼蠅》劇情取自《奧亥斯提亞》三部曲的第二部《祭奠者》。阿加曼農已遭殺害，而自他鄉歸來的奧亥斯特正要釐清真相，採取行動。然而，《蒼蠅》劇中尚未出現手執正義天秤的雅典娜，只有反覆質疑奧亥斯特的朱比特；雅高城血流尚未成河，但屍臭伴隨著嗡嗡作響的蒼蠅聲更加難忍。奧亥斯特力抗群眾的反對，切斷兄妹手足情誼，一肩挑起復仇大業，即使他得當個沒有領地也沒有子民的國王。

絕對的自由帶來絕對的孤獨。奧亥斯特為了貫徹個人的自由意志，付出的代價是與眾人決裂，但同時也得以棄絕天神朱比特建立的秩序。我們不禁聯想到尼采所說的「超人」，通過其個體自由的追求而成就自我的理想，進而促進人類文明的創造與更新。就像奧亥斯特在《蒼蠅》劇末的獨白所言：「這裡一切都是新的，一切正要開始。」唯有自由，生命才能永保如新。

相對於奧亥斯特，他的妹妹愛勒克特懷抱著舊日的平靜與夢想，不願面對現實也不樂見血腥。她積極向朱比特懺悔，寧可屈從於祂，成為其隸屬品。從宗教的角度來看，沙特此劇可說明顯反映出他的無神論主張，認為人的存在必須先於任何觀念所定義出的本質。若從政治的角度來看，《蒼蠅》則批判了當時與納粹合作的法國維琪政府及貝當將軍。如果委屈求全，沒有奮力一搏，是否終將活在無盡的悔恨當中？若為自由的緣故，是否一切皆可拋棄？在得與失之間，自由應該位於天秤的哪一端？《蒼蠅》取自希臘悲劇經典，卻開啟許多當代仍難解答的問題。

可以肯定的是，《蒼蠅》裡的奧亥斯特並無意藉由復仇行動取代艾吉斯特或朱比特，成為另一個大權在握的君王。自由或屈從的兩種選擇擺在眼前。他讓百姓自己決斷，而他自己選擇離去，哪怕身後有狂怒咆哮的復仇女神無休止地追趕。若是活在過去種種所造成的悔恨之中，注定要淹沒於各種耳語及他人論斷。雅高城不是幽閉的密室，當自由成為生命的關鍵詞，地獄的出口就在前方。

密室

Huis clos

獨幕劇

獻給這位女士

《密室》一九四四年五月第一次搬上舞臺，於老鴿舍劇院（Vieux-Colombier）上演。

登場人物及演員名單

伊涅絲（INÈS）：塔尼亞・巴拉赫娃（Tania Balachova）夫人
愛絲黛爾（ESTELLE）：蓋比・希薇亞（Gaby Sylvia）夫人
卡爾山（GARCIN）：米歇爾・維托爾德（M.Vitold）
僕人（LE GARCON）：喬法爾（M.R.-J. Chauffard）

舞臺設計：M. Douy

第一場

人物：卡爾山、樓層僕人

一個第二帝國風格[1]的客廳。壁爐上擺著一尊銅像。

卡爾山　（走進客廳環顧四周）那麼，就是這裡了。

僕人　就是這裡。

卡爾山　原來是像這樣……

僕人　是像這樣。

卡爾山　我……我想時間一長，應該能習慣這些家具。

1 第二帝國（Second Empire, 1852-1870）是拿破崙三世在法國建立的最後一個君主制政權。第二帝國風格浮誇華麗。

僕人　那要視人而定。

卡爾山　所有的房間都一模一樣嗎？

僕人　當然不是。我們這裡來的有中國人，也有印度人，您要他們拿這張第二帝國風格的扶手椅怎麼辦？

卡爾山　那我呢，您要我拿這張扶手椅怎麼辦？您知道我是什麼樣的人嗎？唉！這一點都不重要。反正，我一直活在我不喜歡的家具和不清不楚的處境之中；我最喜歡這樣。在一個路易菲利浦風格[2]的飯廳裡身處曖昧不明的清況，您覺得怎麼樣呢？

僕人　您看著好了，在一個第二帝國風格的客廳裡也不壞。

卡爾山　啊！是嗎。好，好，好。（他環視四周）再怎麼說，我都沒料到……您大概知道那裡大家是怎麼評論的吧？

僕人　評論什麼？

卡爾山　呃……（做一個含糊的大手勢）評論這一切。

僕人　您怎麼會相信這些蠢話呢？那些人從來沒到過這裡，因為啊，他們如果來到這裡的話……

卡爾山　是啊。

他們倆笑了出來。

卡爾山　（突然又變回嚴肅）尖刺刑具在哪裡？

僕人　什麼？

卡爾山　尖刺刑具、烤架、灌食的皮製漏斗。

僕人　您是在說笑嗎？

卡爾山　（看著他）啊？啊，原來如此。不，我不是說笑。（一陣沉默。他來回踱步）沒有鏡子，沒有窗戶，當然啦。沒有會砸破的東西。（突然尖銳地）為什麼要取走我的牙刷呢？

---

2 路易菲利浦風格（Louis-Philippe）氣派華麗浮誇。

僕人 又來啦。您又想起人性尊嚴啦。真叫人嘆為觀止。

卡爾山 （盛怒地拍打著扶手椅的一邊扶手）麻煩您不要對我這麼放肆。我很清楚自己的處境，但我無法忍受您……

僕人 得了！得了！請原諒我。能怎麼辦呢，所有的顧客都問同樣的問題。他們一到就會問：「尖刺刑具在哪裡？」在那一刻，我可以保證他們並沒想到梳洗的問題。當我讓他們放心沒有刑具，牙刷的問題就出現了。但是，看在上帝的分上，你們為何不能思考一下呢？因為，說到底，我請問您，您**為什麼**要刷牙呢？

卡爾山 （平靜下來）是啊，的確，為什麼呢？（他環顧四周）又為什麼要照鏡子呢？至於這尊銅像呢，沒錯、沒錯……我相信我有時候會專心一志地看著它。專心一志地看，對不對？好吧，好吧，什麼都不必隱藏；我跟您說我非常清楚自己的處境。您要我跟您說事情的經過是怎樣嗎？那傢伙喘不過氣來，往下沉，正在溺斃，只剩雙眼露在水面上，他看到了什麼呢？看到一尊巴貝迪安[3]鑄的青銅像。簡直一場噩夢！好啦，您一定是被禁止回答我的問題，我也不堅持。但是，請您記得我並不是猝不及防，不要誇口說您讓我措手不及；我正視自己面對的情況。（他又繼續踱步）所以囉，沒有牙刷，也沒有床。因為當然是從不睡覺？

僕人 我的天啊！

卡爾山 我打賭會是這樣。**為什麼**要睡覺呢？睡意從耳後襲來。您感覺到雙眼慢慢闔上，但是為什麼要睡覺呢？您躺到沙發上，然後睡意噗一聲消失……必須揉揉眼睛，站起身，然後一切重新開始。

僕人 您還真會編故事！

卡爾山 閉嘴。我不會大叫，也不會呻吟，但我要直視自己面對的情況。我不想沒搞清楚狀況就遭受後方突擊。這叫編故事？因此我們甚至不需要睡眠？既然不需要睡眠，那為什麼要睡覺？非常好。等等……等等，這樣為什麼會令人難受呢？為什麼一定會讓人難受呢？我想到了，那會是一個沒有間斷的人生。

---

3 巴貝迪安（Barbedienne, 1810-1892），法國著名青銅雕鑄家。

僕人　什麼間斷？

卡爾山　（模仿他的語調）什麼間斷？（充滿懷疑）看著我的眼睛。我就知道！這就解釋了為什麼您的眼光粗俗放肆，令人難以承受。說真的，它們黯淡晦暗。

僕人　您在說什麼？

卡爾山　我說您的眼皮。我們呢，我們都會眨動眼皮。一般說法就是眨眼。黑暗的一閃，一個簾幕降下又升起，產生了間斷。眼球濕潤了，世界消失了。您不知這有多滋潤。一個鐘頭之內有四千次小小的休憩。四千次的小小逃脫。啊，可不只四千次……所以？我要沒眼皮地活著嗎？別裝傻了，沒眼皮和沒睡眠是同一回事。我不會再睡覺了……這叫我怎麼受得了？請您試著理解，將心比心，我的性格喜歡促狹調侃，您知道，我……我也習慣嘲弄自己。但是我總不能不停地捉弄自己吧。在那裡，有夜晚，我夜裡睡覺，睡得舒舒服服。為了安慰自己，我做一些單純的夢。夢裡有一片草原……就一片草原而已。我夢到自己在草原上散步。現在是白天嗎？

僕人　您看得很清楚，燈是亮著的。

卡爾山　可不是。這是**你們的**白天。那外面呢？

僕人　（呆愣住）外面？

卡爾山　外面！這堵牆外呢？

僕人　是一道走廊。

卡爾山　走廊的盡頭呢？

僕人　有其他的房間、其他的走廊和樓梯。

卡爾山　之後呢？

僕人　就沒了。

卡爾山　您總該有一天休息日吧。您去哪裡呢？

僕人　去我叔叔家，他是僕役總管，住在三樓。

卡爾山　我早該猜到的。電燈開關在哪兒？

僕人　沒有開關。

卡爾山　什麼？我們不能關燈？

僕人　管理上層可以切斷電源。但是我不記得曾經對這一層樓這麼做過。我們愛用多

卡爾山　少電都行。很好。那得睜著眼睛活著……

僕人　（嘲諷地）活著……

卡爾山　您總不會在用詞上找碴吧。睜著眼。永遠睜著。我的眼睛裡將是大白天。腦子裡也是。（停頓一會兒）如果我把銅像砸到電燈上呢，它會熄滅嗎？

僕人　它太重了。

卡爾山　（雙手握住銅像試著抬起）您說得對。它太重了。

一陣沉默。

僕人　那麼，如果您不再需要我，我就退下了。

卡爾山　您要走了？再見。（僕人走到門邊）等等。（僕人轉過身）那邊是電鈴嗎？（僕人點點頭）我隨時可以按電鈴，您就必須前來？

僕人　原則上，是的。但電鈴不太靈光。裡面機械不知道哪裡有點卡住了。

卡爾山走到電鈴前按下按鈕。電鈴發出聲。

卡爾山　會響！

僕人　（吃驚）它會響。（換他按）但您別高興得太早，不會持續太久。好啦，謹遵吩咐。

卡爾山　（做個攔下他的手勢）我……

僕人　什麼？

卡爾山　沒，沒什麼。（他走向壁爐，拿起上面的裁紙刀）這是什麼？

僕人　您不是看到了嗎？一把裁紙刀。

卡爾山　這裡有書？

僕人　沒有。

卡爾山　那要它做什麼？（僕人聳聳肩）好吧，您走吧。

僕人走出去。

第二場

人物：卡爾山，獨自一人

卡爾山，獨自一人。走到銅像旁，用一隻手撫摸著它。他坐下。又站起。走到電鈴邊按鈴。電鈴沒響。他試了兩、三次，都不響。他走到門前面，試著打開門。打不開。他叫喚。

卡爾山 僕役！僕役！

沒有回應。他邊用手一陣捶著門邊叫喚著僕人。隨後他突然平靜下來，又走去坐下。這時門打開了，伊涅絲走進來，後面跟著僕人。

第三場

人物：卡爾山、伊涅絲、僕人

僕人 （對卡爾山說）您剛才叫我了？

卡爾山正要回答，但他瞥了一眼伊涅絲。

卡爾山 沒有。

僕人 （轉身朝向伊涅絲）這就到了，女士。（伊涅絲不作聲）若您有問題要問我……（伊涅絲沒說話）

僕人 （失望地）通常顧客都會想知道一些事……我不堅持。對了，關於牙刷、電鈴、和巴貝迪安雕鑄的銅像，那位先生都知道，他可以代我回答。

他走出去。一陣沉默。卡爾山不看伊涅絲。伊涅絲看看四周，突然朝向卡爾山走去。

伊涅絲 芙羅倫絲呢？（卡爾山沒作聲）我問您芙蘿倫絲在哪裡？

卡爾山 我完全不知道。

伊涅絲 這就是您玩的花樣？把人弄消失來取代酷刑？那麼，這招不管用。芙羅倫絲是個小蠢蛋，失去她我不惋惜。

卡爾山 對不起，您把我當作誰了？

伊涅絲 您？您是劊子手。

卡爾山 （驚跳起來之後笑了出來）這真是個好笑的汙衊。劊子手，您真的這樣認為？您走進來，看見我，就想：這是個劊子手。多麼離奇！那個僕人真荒唐，他應該為我們彼此介紹才對。劊子手！我是約瑟夫．卡爾山，記者兼文人。事實上，這兩者被歸為同一範疇。女士……

伊涅絲 （冷冷地）伊涅絲．瑟哈諾。小姐。

卡爾山 很好。非常好。那麼，冰山溶解了。所以您覺得我看起來像個劊子手？那再請問，您又是怎麼認出誰是劊子手的呢？

伊涅絲　他們看起來很害怕。

卡爾山　害怕？真太好笑了。害怕誰？怕他們的受害者嗎？

伊涅絲　好了！我知道自己在說什麼。我照過鏡子。

卡爾山　鏡子？（他環顧四周）這真糟糕，他們把所有像鏡子的東西都拿掉了。（停頓一會兒）總之，我可以告訴您，我並不害怕。我對自己的處境並不疏忽大意，完全意識到嚴重性。但我並不害怕。

伊涅絲　（聳聳肩）這是您的事。（停頓一會兒）您可曾出去晃一晃嗎？

卡爾山　門鎖住了。

伊涅絲　那就算了。

卡爾山　我非常明白我在這裡令您不舒服。對我來說，我也寧可獨處，我必須把我的人生整理出頭緒，我需要靜思。但我相信我們能夠彼此遷就，我不說話，不亂動，也不太發出聲響。只不過，我提個小小建議，我們必須保持最嚴謹的禮貌。這是我們最佳的防衛。

伊涅絲 我這個人不懂禮貌。

卡爾山 那我就保持雙倍的禮貌。

一陣沉默。卡爾山坐在沙發上。伊涅絲在房間裡踱方步。

伊涅絲 （看著他）您的嘴。

卡爾山 （從夢境中驚醒）您說什麼？

伊涅絲 您能不能管管您的嘴？它在您鼻子下像個陀螺般轉動。

卡爾山 請您原諒，我沒意識到這點。

伊涅絲 這正是我批評您的地方。（卡爾山習慣性地抽搐了一下）又來了！您自以為禮貌，卻任由臉部完全放肆。您不是獨自一人，沒權利硬要我看您害怕的嘴臉。

卡爾山站起來朝她走去。

卡爾山　您，您不害怕嗎？

伊涅絲　幹嘛害怕？害怕，是**之前**才有用，當我們還有希望的時候。

卡爾山　（輕聲地說）沒有希望了，但我們還是在**之前**。我們還沒開始受苦，小姐。

伊涅絲　我知道。（停頓一會兒）所以呢？接下來會發生什麼？

卡爾山　我不知道。我等待著。

一陣沉默。卡爾山走去坐下。伊涅絲繼續踱步。卡爾山嘴巴抽搐了一下，伊涅絲瞄了他一眼，他用雙手摀住臉。愛絲黛爾和僕人走了進來。

第四場

人物：伊涅絲、卡爾山、愛絲黛爾、僕人

愛絲黛爾看著卡爾山，後者沒抬起頭。

愛絲黛爾 （對卡爾山說）不！不，不，別抬頭。我知道您藏在雙手下的是什麼，我知道您已經沒了臉孔。（卡爾山移開雙手）哈！（停頓一會兒。驚訝地說）我不認識您。

卡爾山 我不是劊子手，女士。

愛絲黛爾 我沒把您想作劊子手。我……我本以為是某人想對我惡作劇。（對僕人說）您還在等什麼人來嗎？

僕人 沒別的人會來了。

愛絲黛爾 （鬆了口氣）啊！所以我們將會單獨在一起，這位先生、女士、和我？

她笑了起來。

卡爾山 （冷冷地）這沒什麼好笑的。

愛絲黛爾 （繼續笑著）這些沙發好醜啊。看看它們是怎麼擺放的，我像是每年初一拜年到了瑪莉姨媽家的客廳似的。每個人有各自的沙發椅，我想是這樣。這張是我的？（對僕人說）但是我絕對沒辦法坐在上面，簡直災難一場，我穿一身淺藍，這沙發是菠菜綠。

伊涅絲 您要坐我這張嗎？

愛絲黛爾 酒紅色沙發？您真和善，但是顏色還是不搭。沒辦法，能怎麼辦呢？各自有各自的，我是綠色，那就綠色吧。（停頓一會兒）唯一勉強適合的，只有那位先生的那一張。

一陣沉默。

伊涅絲 您聽到了，卡爾山。

卡爾山 （驚跳起來）這……沙發。喔！對不起。（他站起來）請坐，女士。

愛絲黛爾 謝謝。（她脫下大衣丟到沙發上。停頓一會兒）既然我們得住在一起，互相認識一下吧。我是愛絲黛爾．希寇。

卡爾山彎腰致意，正想報上名字，但是伊涅絲搶先一步。

伊涅絲 伊涅絲．瑟哈諾。非常高興認識您。

卡爾山再次彎腰致意。

卡爾山 約瑟夫．卡爾山。

僕人 你們還需要我嗎？

愛絲黛爾 不需要，走吧。我會按鈴。

僕人彎腰致意然後下去。

第五場

人物：伊涅絲、卡爾山、愛絲黛爾

伊涅絲　您真美。我真希望自己能有花朵歡迎您的到來。

愛絲黛爾　花？是啊。我很喜歡花。花朵在這裡會枯萎，這裡太熱了。噯喲！最基本的是保持好心情，可不是嗎。您是……

伊涅絲　是啊，上個星期。那您呢？

愛絲黛爾　我？是昨天。儀式都還沒結束呢。（她說得一派自然，好像眼見她描繪的景象一樣）風把我妹妹的面紗吹亂了。她竭盡所能擠出眼淚。加油！加油！再加把勁。行了！兩滴，兩滴眼淚閃耀在皺紗下。奧勒佳・賈蝶今天早上真醜，她攙扶著我妹妹。她因為塗了睫毛膏不能哭，我必須說如果是我的話……她是我最好的朋友。

伊涅絲 您受了很多苦痛嗎？

愛絲黛爾 沒有。我比較是呆愣住了。

伊涅絲 是因為……

愛絲黛爾 肺炎。（跟剛才一樣的表情）好啦，結束了，他們離開了。你好！你好！大家握手問好。我先生傷心地病倒了，待在家裡。（對伊涅絲說）那您呢？

伊涅絲 瓦斯。

愛絲黛爾 您呢，先生？

卡爾山 身上挨了十二顆子彈。（愛絲黛爾做了個手勢）對不起，我不是死者行列的好伴侶。

愛絲黛爾 喔！親愛的先生，麻煩您不要用如此露骨的字眼。真的……真的……令人震驚。說到底，這又代表什麼呢？或許我們從沒這麼活生生過呢。若真要描述這個……事情的狀態，我建議大家稱呼我們為缺席者，這樣比較正確。您多久之

卡爾山　前缺席的呢？

愛絲黛爾　一個月，差不多。

卡爾山　您來自哪裡？

愛絲黛爾　里約熱內盧。

卡爾山　我呢，來自巴黎。您在那裡還有親人嗎？

我太太。（做出和愛絲黛爾一樣的表情）她和每天一樣來到軍營；他們不讓她進去。她隔著鐵網的鐵欄杆往裡面張望。她還不知道我已缺席，但有點猜到了。她現在走了。她穿著一身黑。很好，這樣就不必換喪服了。她沒哭；她從不哭泣。陽光普照，但她全身黑走在空無一人的路上，張著一雙受害者的大眼睛。啊！她令我惱火。

一陣沉默。卡爾山走到中間那張沙發坐下，用雙手摀住臉。

伊涅絲　愛絲黛爾！

愛絲黛爾　先生，卡爾山先生！

卡爾山　您說什麼？

愛絲黛爾　您坐了我的沙發。

卡爾山　對不起。

他站起身。

愛絲黛爾　您好像很專心。

卡爾山　我在整理我的生命頭緒。（伊涅絲笑起來）那些嘲笑的人應該也學我所為。

伊涅絲　我的生命啊，頭緒整理地好好的。完全有頭有緒。在那裡的時候，它就已經自己理出頭緒，我不需要操心。

卡爾山　真的嗎？您以為這麼簡單！（他用手揩揩前額）好熱啊！請見諒。

他正要脫掉西裝外套。

愛絲黛爾 啊不！（語音稍微緩和）不，我最討厭男人只穿著襯衫。

卡爾山 （套回外套）好、好。（停頓一會兒）我呢，我徹夜待在編輯室裡。裡面總是熱得像烤箱。（停頓一會兒。跟剛才一樣的表情）裡頭熱得像烤箱。那是夜裡。

愛絲黛爾 噯，是啊，已經入夜了。奧勒佳正在脫衣服。在塵世，時間過得多快啊。

伊涅絲 是夜裡。他們把我房間的門封鎖了。黑暗的房間裡空空如也。

卡爾山 他們把西裝外套掛在椅背上，把襯衫袖子捲到手肘上。男人和雪茄的氣息。（沉默一陣）我喜歡活在只穿襯衫的男人之間。

愛絲黛爾 （冷冷地）那麼，我們品味不同，這不就證實了嗎。（對著伊涅絲說）您呢，您喜歡男人只穿襯衫嗎？

伊涅絲 不管襯衫不襯衫，我不太喜歡男人。

愛絲黛爾 （驚詫地看著他們兩人）但是為什麼，**為什麼**他們把我們放在一起呢？

伊涅絲 （強忍下噗哧一聲）您說什麼？

愛絲黛爾 我看著你們兩個，心想我們要待在一起……我本以為會遇到朋友，或是家人。

伊涅絲 一個臉中央被槍打出個洞的好朋友。

愛絲黛爾　那個也是其一，他跳探戈跳得像個專業舞者。但是我們，**我們**，為什麼把我們湊在一起呢？

卡爾山　嗯，是偶然。他們按照先來後到的順序，把人塞到一起。（對著伊涅絲說）您笑什麼？

伊涅絲　因為您口中的偶然令我發笑。您就這麼需要讓自己安心嗎？他們做什麼都不會是偶然。

愛絲黛爾　（膽怯地）我們會不會以前見過面？

伊涅絲　從來沒有，要不然我不會忘記您。

愛絲黛爾　或是，我們有共同的朋友？您認識杜伯－賽穆一家人嗎？

伊涅絲　應該不認識。

愛絲黛爾　他們家招待的人五湖四海。

伊涅絲　他們是做什麼的？

愛絲黛爾　（驚訝地）什麼也不做。他們在柯雷茲省有座城堡……

伊涅絲　我啊，我是郵局職員。

愛絲黛爾　（稍稍往後退）啊！那麼當然囉？……（停頓一會兒）您呢，卡爾山先生？

卡爾山　我從沒離開過里約。

愛絲黛爾　這麼說來，您說的完全有道理，是偶然將我們聚在一起。

伊涅絲　偶然。那麼這些家具也是偶然在那裡。右邊的沙發是菠菜綠，左邊的沙發是酒紅色也是偶然。偶然是嗎？那您把它們換個位置，會發生什麼新鮮事啊？銅像呢，也是偶然？還有這炙熱？這炙熱呢？（沉默一陣子）我告訴你們，這一切都是他們滿懷著愛設計好的，直到最小的細節。這房間等著我們前來。

愛絲黛爾　能怎麼辦呢？一切都那麼醜陋，那麼堅硬，充滿稜角。我討厭稜角。

伊涅絲　（聳聳肩）您以為我之前住在一間第二帝國風格的客廳裡嗎？

停頓一會兒。

愛絲黛爾　所以這一切都是預先安排好的？

伊涅絲　所有的一切。而我們是陪襯。

愛絲黛爾　**你們**，你們出現在我面前不是偶然囉？（停頓一會兒）他們在等什麼呢？

伊涅絲　我不知道。但是他們在等待。

愛絲黛爾　我無法忍受人家等待我做什麼。這讓我立刻想做出相反的事。

伊涅絲　那麼，就去做吧！那就做呀！您甚至不知道他們要的是什麼。

愛絲黛爾　（跺著腳）難以忍受。所以有某事會藉由你們兩個而發生在我身上？（她看著他們倆）透過你們兩個。有些臉孔我一看就知道，但從你們兩個的臉我完全看不出什麼。

卡爾山　（突然對伊涅絲說）說吧。我們為什麼會湊在一起，您剛才已經說了太多，那就全盤說出吧。

伊涅絲　（驚訝地）我一丁點兒也不知道啊。

卡爾山　**必須**要知道。

他沉思了一會兒。

伊涅絲　只要我們每一個人有勇氣說出來……

卡爾山　說什麼？

伊涅絲　愛絲黛爾！

愛絲黛爾　您說什麼？

伊涅絲　您做了什麼？為什麼他們把您送到這裡來？

愛絲黛爾　（激動地）我可不知道，我完全不知道！我甚至想是不是出了什麼差錯呢。（對伊涅絲說）別微笑。想想每天這麼多人……缺席。他們成千上萬來到這裡，碰到的卻只是下屬，和沒受過訓練的工作人員。怎麼會不出錯呢？別微笑了。（對卡爾山說）那您呢，說點話啊。他們若是搞錯我的案例，也大可能搞錯您的案例。（對伊涅絲說）您的案例也是。我們相信自己在這裡只是搞錯了，難道不是更好嗎？

伊涅絲　您要跟我們說的就是這些？

愛絲黛爾　您還想知道什麼呢？我沒什麼好隱瞞的。我是個窮苦的孤兒，把我弟弟拉拔長大。我父親的一個老朋友向我求婚。他有錢，人又好，我就答應了。您要是我會怎麼做呢？我弟弟生病了，他的健康狀況需要最高級的醫療照護。我和我先生平安無事一起生活了六年。兩年前，我遇到了我本來應該愛的那個人。我們立刻就認出彼此了。他要我跟他一起走，但我拒絕了。在這之後，我得了肺炎。這就是全部。就某些原則來說，人們或許可以責備我把青春犧牲在一個老頭子身上。（對卡爾山說）您認為這是個過錯嗎？

卡爾山　當然不是。（停頓一會兒）那您呢？您覺得謹守自己的原則而活是個過錯嗎？

愛絲黛爾　誰能因此責備您呢？

卡爾山　我主辦一份提倡和平主義的政治報。戰爭爆發了。怎麼辦呢？他們所有眼光都盯著我。「他敢嗎？」好，我就敢。我冷眼以待，他們就槍殺我。過錯在哪裡？過錯在哪裡？

愛絲黛爾　（手放在他手臂上）沒有過錯。您是個……

伊涅絲　（嘲諷地接下句子）一位英雄。您太太呢，卡爾山？

卡爾山　怎麼啦？我把她從河裡拉出來呢。

愛絲黛爾　（對伊涅絲說）您看！您看！

伊涅絲 知道了。（停頓一會兒）你們演戲給誰看呢？這裡只有我們。

愛絲黛爾 （無禮地）只有我們？

伊涅絲 只有殺人犯。我們在地獄裡，我的小姑娘，從來不會出錯，受天譴的人一定是有原因的。

愛絲黛爾 閉嘴。

伊涅絲 地獄！受天譴！受天譴！

愛絲黛爾 閉嘴。您要住嘴嗎？我不允許您使用粗俗的字眼。

伊涅絲 受天譴，小聖女。受天譴，無可責難的英雄。我們有過歡愉的時光，不是嗎？有人因我們受苦到死，這讓我們覺得挺好玩。現在，要付出代價了。

卡爾山 （舉起一隻手）您要住嘴嗎？

伊涅絲 （無懼地看著他，但顯得極為訝異）哈！（停頓一會兒）等一下！我懂了，我知道他們為什麼把我們湊到一塊兒了。

卡爾山 當心您要說的話。

伊涅絲 你們會知道多麼愚蠢。愚蠢至極！這裡沒有肉體酷刑，不是嗎？然而，我們是在地獄裡。而且沒有別的人會來了。沒有人。我們會單獨在一起直到最後。沒錯吧？簡單說來，這裡缺一個人：劊子手。

卡爾山　（低聲說）這我知道。

伊涅絲　是啦，他們減省了一名人員。如此而已。顧客自助，就像在合作社餐廳一樣。

愛絲黛爾　您要說的是什麼？

伊涅絲　劊子手，就是我們每一個對其他兩個而言。

停頓一會兒。他們沉思著這件事。

卡爾山　（輕聲地說）我不會是妳們的劊子手。我不會傷害妳們，也不想跟妳們扯上任何關係。任何關係。這樣就很簡單。所以聽好，每個人待在自己的角落。一切暫停。您這裡，您這裡，我那裡。保持沉默。不說一個字，這並不難，不是嗎？我們每個人要處理自己的事情還很多。我想我可以待個一萬年都不說話。

愛絲黛爾　我得閉嘴？

卡爾山　是的。那我們……我們就能得救。閉上嘴。自省其身，不要抬起頭來。同意嗎？

伊涅絲　同意。

愛絲黛爾　（猶豫一下之後）同意。

卡爾山　那麼，再見。

他走到他那張沙發坐下，頭埋在雙手裡。一陣沉默。伊涅絲開始獨自唱起歌：

在白大衣街上
他們搭起了架子
在桶子裡裝上了麥麩
是個斬首台
在白大衣街上

在白大衣街上
劊子手起得很早
因為有好多活要幹
得砍將軍們、主教們
還有海軍上將們的頭
在白大衣街上

在白大衣街上
良家仕女們都來了
穿戴著廉價的首飾
但是頭怎麼不見了
頭從頸上掉落
連著頭上的帽子
滾到白大衣街上的小河裡去了[4]

這段時間裡，愛絲黛爾開始抹粉塗口紅，神情憂慮地看著四周尋找鏡子。她在自己袋子裡翻了又翻，然後轉身朝向卡爾山。

愛絲黛爾　先生，您有鏡子嗎？（卡爾山不回答）一面鏡子，或是一個放口袋裡的小鏡子，隨便都好？（卡爾山不回答）您若丟下我一個人的話，至少找面鏡子給我。

卡爾山頭埋在雙手裡，不回答。

伊涅絲　（殷勤地）我，我袋子裡有面鏡子。（在袋子裡翻找。氣惱地說）現在沒有了。一定是他們在登記處那時拿走了。

4　這首歌詞是沙特寫的，影射法國大革命與斷頭台。後經由作曲家約瑟夫·科斯馬（Joseph Kosma）填曲，交由紅歌星茱麗葉 葛蕾柯（Juliette Greco）於一九五〇年唱紅。

愛絲黛爾　真討厭。

停頓一會兒。她閉上眼睛，身體搖晃了一下。伊涅絲趕緊跑去扶住她。

伊涅絲　您怎麼了？

愛絲黛爾　（重新睜開眼睛，微笑）我感覺怪怪的。（她摸摸身體）你們沒有這樣的感覺嗎？當我看不到自己的時候，儘管摸得到身體，還是好奇我到底是不是真的存在。

伊涅絲　您真幸運。我內心一直感受得到自己。

愛絲黛爾　啊！是啊，內心……所有腦袋裡的東西都那麼空泛，讓我昏昏欲睡。（停頓一會兒）我的臥室裡有六面大鏡子。我看得到它們。我看得到它們。但是它們看不到我。它們反射出小沙發、地毯、窗戶……沒有我身影的鏡子，真是空虛啊。當我說話時，會想辦法在其中一面鏡子裡看到自己。我說話，看到自己說話。我看到自己就像別人看到的我，這讓我保持清醒。（絕望地）我的口紅！

我肯定塗得亂七八糟。但我總不能永遠沒有鏡子吧。

伊涅絲　您要我充當您的鏡子嗎？過來吧，我邀請您來我家。坐在我的沙發上。

愛絲黛爾　（指指卡爾山）但是……

伊涅絲　我們別管他。

愛絲黛爾　我們會彼此傷害，這是剛才您自己說的。

伊涅絲　我看起來像是要傷害您的樣子嗎？

愛絲黛爾　誰知道呢……

伊涅絲　是妳會傷害我。但那又怎樣呢？既然要受苦，不如就讓妳來折磨我。來坐。靠過來。再近一點。看著我的眼睛，妳在裡面看到自己了嗎？

愛絲黛爾　我好小。看不清楚自己。

伊涅絲　我看得到妳，完完整整。問我問題，我是一面最忠實的鏡子。

愛絲黛爾覺得困窘，轉身朝著卡爾山，就好像要求救。

愛絲黛爾　先生！先生！我們聊天會不會妨礙到您？

卡爾山不回答。

伊涅絲　別管他，他已經不重要了；我們就兩個人。問我問題。

愛絲黛爾　我的口紅塗得好嗎？

伊涅絲　我看看。塗得不太好。

愛絲黛爾　我想也是。幸好（她看了卡爾山一眼）沒人看得到。我再重新塗。

伊涅絲　重新塗比較好。不對，要順著嘴唇邊緣；我來指引妳。這裡，這裡，很好。

愛絲黛爾　跟我剛才進來的時候一樣好嗎？

伊涅絲　還來得更好；更濃，更血腥。妳的地獄之嘴。

愛絲黛爾　嗯！塗得好嗎？真令人懊惱，我不能自己判斷。您跟我保證塗得好？

伊涅絲　妳不要對我用敬語好嗎？

愛絲黛爾　妳跟我保證塗得好？

伊涅絲 妳很美。

愛絲黛爾 但是您的品味好嗎？您和**我的**品味一樣嗎？真令人懊惱，真令人懊惱。

伊涅絲 我和妳的品味一樣，因為妳討我喜歡。看著我。對著我微笑。我也並不醜。我難道不比一面鏡子好嗎？

愛絲黛爾 我不知道。您令我畏懼。鏡子裡面我的影像是被馴服的。我對它是那麼熟悉……我微笑，我的微笑會進到您的瞳孔深處，老天爺才知道會變成怎樣。

伊涅絲 誰阻止妳來馴服我呢？（她們四目相望。愛絲黛爾微笑，有些受到蠱惑）妳就是不肯對我省去敬語嗎？

愛絲黛爾 我跟女人說話很難不用敬語。

伊涅絲 我猜想尤其是對郵局職員？妳臉頰下方那裡是什麼？是一片紅疹嗎？

愛絲黛爾 （驚跳起來）一片紅疹，嚇死人！在哪裡？

伊涅絲 那裡！那裡！我是蠱惑的鏡子，我的小雲雀，騙到妳了！沒有紅斑。一點都沒有，知道嗎？如果鏡子開始騙人呢？又或者如果我閉上眼睛，拒絕看妳，妳這美貌該怎麼辦呢？別怕，我必須看妳，我的雙眼會張得大大的。我會很和氣，非常和氣。但是妳要對我使用：「妳」。

停頓一會兒。

愛絲黛爾 妳喜歡我？

伊涅絲 很喜歡！

停頓一會兒。

愛絲黛爾 （用頭示意指指卡爾山）我希望他也看我。

伊涅絲 哈！因為是個男的。（對卡爾山說）您贏了。（卡爾山不回答）那您看她呀！（卡爾山不回答）別演戲了；您沒漏聽我們談話中的任何一個字。

卡爾山 （猛然抬起頭）您說得好，任何一個字！我儘管把手指插進耳朵裡堵住，妳們的閒聊鑽進腦袋。現在可以讓我安靜了嗎？我跟妳們毫無瓜葛。

伊涅絲　和那個小女人呢，有瓜葛嗎？我看透了您的把戲，擺出這個高姿態就是為了引起她注意。

卡爾山　我跟您說讓我安靜。某個人在報社談到我，我想聽他說什麼。我毫不在意那個小女人，這樣可以讓您安心了吧。

愛絲黛爾　真是多謝。

卡爾山　我無意冒犯……

愛絲黛爾　人渣！

停頓一會兒。他們兩人站起身，面對面。

卡爾山　看吧！（停頓一會兒）我早就哀求妳們不要說話。

愛絲黛爾　是她先開始的。我什麼也沒要求，是她自己過來借我鏡子的。

伊涅絲　什麼也沒要求，只不過妳死巴著他，裝模作樣要他看妳。

愛絲黛爾　所以呢？

卡爾山 妳們瘋了嗎？妳們看不出來我們會走到什麼地步嗎？拜託住嘴！（停頓一會兒）我們安安靜靜地坐下來，眼睛閉上，盡力忘記其他人的存在。

停頓一會兒，他坐下。她們遲疑地走向各自的位置。伊涅絲猛然轉過身。

伊涅絲 啊！忘記。真是幼稚！我直到骨子裡都可以感受到您在旁邊。您的沉默在我耳朵裡喧囂。您可以封上嘴巴，可以切掉舌頭，但可以阻止自己存在嗎？可以停止思考嗎？我聽到您的思緒，滴答滴答像鬧鐘，而我知道您也聽到我的思考。您大可以捲縮在沙發上，但您無處不在，傳到我這裡的聲音都被玷汙了，因為途中已經被您聽過了。您甚至連我的臉都偷走了，您看得到它，我卻看不到。還有她呢？她呢？您也把她從我手上偷走了，如果只有我和她單獨兩個，您想她敢像現在這樣對待我嗎？不，不，把摀住您面孔的雙手放下，我不會讓您安靜，那就太便宜您了。您坐在那裡，冷漠無感，像尊菩薩沉浸在自身，我閉上眼就能感受到她把一生的喧囂都奉獻給您，直到她裙襬的摩擦聲，她對您微笑，您視而不見……這可不行！我要選擇我自己的地獄；我要兩眼緊盯著您，面對面抗爭。

卡爾山 好了。我就知道事情一定會走到這個地步；他們啊，把我們當小孩子耍。如果他們把我和男人們放在一起……男人懂得閉嘴。但是不能要求太多。（他走向愛絲黛爾，手托著她的下巴）所以，小女人，妳對我有意思？妳好像對我拋媚眼？

愛絲黛爾 您別碰我。

卡爾山 噯！我們別拘束。我很喜歡女人，妳知道嗎？女人也很喜歡我。妳放輕鬆，我們再也沒有什麼可以失去的了。禮貌要幹嘛？莊重要幹嘛？又沒有別人！待會兒我們就會像蠕蟲一樣赤裸裸的了。

愛絲黛爾 別煩我。

卡爾山 像蠕蟲！啊！我早預告妳們了。我什麼都不要求妳們，只要求寧靜和一點點沉默。我用手指塞住耳朵。剛才是寇梅茲在發言，站在桌子中間，所有報社朋友都在聽他發言。大家都脫掉外套只穿著襯衫。我想要聽清楚他們說什麼，但很困難，塵世裡的事發生得那麼快速。妳們就不能閉嘴嗎？現在，已經結束了，他發言結束，他對我的觀感又回到他腦袋裡。好吧，我們必須走到底。像蠕蟲一樣赤裸裸，我要知道到底是誰和我有瓜葛。

伊涅絲 您知道了。現在您知道了。

卡爾山 只要我們每個人沒承認為什麼下地獄，那就什麼都不會知道。妳，金髮的，妳先開始。為什麼？告訴我們為什麼，誠實說出來才能避免災難；一旦我們明白了自己的惡行……說呀，為什麼？

愛絲黛爾 我已經說了我不知道。他們不肯告訴我。

卡爾山 這我知道。他們也不肯回答我。但是我清楚自己。妳害怕第一個說？很好。我先開始吧。（沉默一會兒）我的一生不太光彩。

伊涅絲 得了。我們知道你逃避兵役。

卡爾山 別提這個。絕對別說到這個。我之所以會在這裡，是因為我虐待我的妻子。只有這樣。為時五年。當然，她還在繼續受苦。她出現了；我只要一講到她，就能看到她。我在乎的是寇梅茲，看到的卻是她。寇梅茲去哪兒了？為時五年。

哎呀，他們把我的物品交還給她；她坐在窗戶旁邊，膝上放著我的西裝外套。上面打穿了十二個彈孔的外套。血跡好像鐵鏽。彈孔周圍像是生鏽了。哈！該擺放在博物館裡，這件記載歷史的外套。我那時穿的呢！妳會哭嗎？妳最後終會哭出來嗎？我醉得像頭死豬回家，渾身酒氣脂粉。她等了我一整夜；她沒哭。自然也沒一句責備。只是眼神責備。她的一雙大眼睛。我不後悔。我會付出代價，但我不後悔。外頭下雪了。但是妳會哭嗎？真是個以受苦為職志的女人。

伊涅絲　（幾乎溫柔地）您何以讓她受苦呢？

卡爾山　因為很容易。只消一個字就能讓她臉色慘變；她是個敏感的人。哈！沒有一句責備！我很愛捉弄人。我等著，一直等著。但是沒有，沒有哭泣，沒有責備。我可是把她從溪裡救起來的呀，妳們懂嗎？她手拂過西裝外套，但沒看著它。手指盲目地尋找彈孔。妳等待什麼呢？妳期望什麼呢？我跟妳說我絲毫不後悔。事情是這樣，她太崇拜我。妳們可了解這點！

伊涅絲　不了解。大家並不崇拜我。

卡爾山 幸好。這樣對您比較好。您可能覺得這一切很抽象。那麼我跟您說件小插曲，我把一個混血雜種女人帶回家裡。夜夜春宵哪！我妻子睡在一樓，應該聽到我們翻雲覆雨。她第一個起床，而我們還在酣睡，她把早餐端到我們床邊。

伊涅絲 渣男！

卡爾山 是啊，是啊，被深愛著的渣男。（他看起來心不在焉）不，沒什麼。是寇梅茲，但是他講到的不是我。您剛才說我是渣男？該死，要不然我怎麼會在這兒呢？那您呢？

伊涅絲 呃，在塵世，我是他們所稱該死的女人。既然**該死**，不是嗎。所以，來到這裡並不是多大怪事。

卡爾山 只有這樣？

伊涅絲 不是，還有跟芙蘿倫絲的事。但這是一個有關死亡的事件。死了三個人。先是他，然後是她和我。沒有人留在塵世，我可以安心了；只剩下那個房間。我不時會看見那個房間。空空如也，護窗板緊閉。啊！啊！他們最後終於撕掉了封條。吉屋招租……房間要出租。門上掛了出租的廣告。這……真可笑。

卡爾山 三個。您說死了三個人？

伊涅絲 三個人。

卡爾山 一個男的、兩個女的？

伊涅絲 是的。

卡爾山 喔。（沉默一會兒）他自殺？

伊涅絲 他？他才沒膽自殺呢。不過苦也沒少受。不，是一輛電車壓死了他。輕輕鬆鬆！我那時住在他們家，他是我表哥。

卡爾山 芙蘿倫絲是金髮嗎？

伊涅絲 金髮？（看了愛絲黛爾一眼）您要知道，我一點都不後悔，但是和您述說這段事，我也不好受。

卡爾山 說下去！說下去！您讓她對他產生厭惡？

伊涅絲 一步一步。這裡一句，那裡一句。譬如說，他喝水的時候發出聲音；他朝著杯子裡呼氣。一些無關緊要的小事。喔！他是個可憐的傢伙，很好欺負。您為什麼微笑？

卡爾山 因為我啊，我可不好欺負。

伊涅絲 那還要觀察才知道。我附身到她身上，她用我的眼睛來檢視他……最後呢，她投入我的懷抱。我們在城市另一端租了個房間。

卡爾山 然後呢？

伊涅絲 然後就是那輛電車。我每天都跟她說：哎呀，我的小姑娘！我們殺了他。（沉默一會兒）我是個惡毒的人。

卡爾山 是的。我也是。

伊涅絲 不，您呢，您不是個惡毒的人。是不同的。

卡爾山 有什麼不同？

伊涅絲 我之後再跟您解釋。我啊，我是個惡毒的人，就是說我需要讓別人受苦才能存在。一把火。心中的一把火。我如果獨自一人，我就不存在。六個月之中，我在她心中熊熊燃燒；把一切燒光。一個夜裡，她爬起床，在我毫無懷疑的時候打開了瓦斯，然後回來床上在我身邊躺下。就這樣。

卡爾山 嗯！

伊涅絲 怎麼了？

卡爾山 沒什麼。不清不楚的。

伊涅絲 對，就是，不清不楚的。所以呢？

卡爾山 喔！您說得有理。（對愛絲黛爾說）該妳了。妳做了什麼？

愛絲黛爾 我已經說了我完全不知道。我再三自問……

卡爾山 得了。那麼，我們來幫幫妳。一臉血肉模糊的那個傢伙，是誰？

愛絲黛爾 哪個傢伙？

伊涅絲 妳很清楚。妳一進來就害怕的那個男人。

愛絲黛爾 那是一個朋友。

卡爾山 妳為什麼怕他？

愛絲黛爾 你們沒權利盤問我。

伊涅絲 他是因為妳而自殺的？

愛絲黛爾 才不是，您瘋了嗎？

卡爾山 那麼，您為什麼怕他？他朝自己臉上轟了一槍，是吧？這一槍讓他腦袋都沒了？

愛絲黛爾 住嘴！住嘴！

卡爾山 就是因為妳！因為妳！

伊涅絲 那一槍就是因為妳！

愛絲黛爾 別來煩我。你們令我害怕。我要離開這裡！我要離開這裡！

她急忙跑到門前推搖著門。

卡爾山 妳走啊。我是巴不得妳走。只不過門從外面鎖住了。

愛絲黛爾按鈴；鈴沒響。伊涅絲和卡爾山笑了起來。愛絲黛爾反過身對著他們，背靠在門上。

愛絲黛爾 （語音粗啞而緩慢）你們卑鄙無恥。

伊涅絲　完全正確，卑鄙無恥。說呀？所以那個傢伙是因妳而自殺。是妳的情人？

卡爾山　當然啦，是她的情人。他想要獨自擁有她。不是這樣嗎？

伊涅絲　他跳探戈像個專業舞者，但是他很窮，我想是這樣？

一陣沉默。

卡爾山　我們問妳他是不是很窮。

愛絲黛爾　對，他很窮。

卡爾山　況且，妳還有名譽要顧。一天他來了，對妳哀求，妳卻嘻笑怒罵。

伊涅絲　嗯？嗯？妳嘻笑怒罵？他是因為這樣而自殺？

愛絲黛爾　妳就是用這樣的眼神看著芙羅倫絲？

伊涅絲　是的。

停頓一會兒。愛絲黛爾笑了起來。

愛絲黛爾 你們根本猜錯了。（她挺直身體，看著他們，背一直靠在門上。用硬冷挑釁的語氣說）他想要我給他生個孩子。現在，你們滿意了嗎？

卡爾山 而妳，妳不想。

愛絲黛爾 不想。孩子還是來了。我到瑞士待了五個月。沒有人知道這件事。是個女孩。她出生的時候羅傑在我旁邊。他很開心有個女兒，我一點也不。

卡爾山 然後呢？

愛絲黛爾 有個陽臺，臨著湖上。我帶了一顆大石頭。他大喊：「愛絲黛爾，拜託妳，求求妳。」我恨透他了。他看到了一切。他在陽臺上傾著身，看到了湖面上的水花。

卡爾山 然後呢？

愛絲黛爾 這就是全部。我回到巴黎。他呢，他做了他想做的。

卡爾山 他朝自己腦袋開了槍？

愛絲黛爾 是啊。其實不需要這樣；我先生根本什麼都沒懷疑過。（停頓一會兒）我恨你們。

她痙攣般地乾澀啜泣。

卡爾山 沒用的。在這裡眼淚流不出來。

愛絲黛爾 我真卑劣！我真卑劣！（停頓一會兒）天知道我多恨你們！

伊涅絲 （抱住她）我可憐的小姑娘！（對卡爾山說）調查結束。不必繼續擺著你那劊子手的嘴臉。

卡爾山 劊子手……（他環顧四周）我願意傾盡所有看一眼鏡子裡的我。（停頓一會兒）真熱啊！（他機械式地脫下裝外套）喔！失禮了！

愛絲黛爾 您可以只穿襯衫。事到如今……

卡爾山 好。（他把西裝外套丟到沙發上）不要生我的氣，愛絲黛爾。

愛絲黛爾 我沒生您的氣。

伊涅絲 那我呢？妳生我的氣嗎？

愛絲黛爾 是的。

一陣沉默。

伊涅絲 那麼，卡爾山？我們現在都像蠕蟲一樣赤裸裸了；您把事態看明白了嗎？

卡爾山 我不知道。或許稍微比較明白了些。（靦腆地）我們是不是可以試著互相幫助呢？

伊涅絲 我不需要幫助。

卡爾山 伊涅絲，他們把一切都攪在一起了。只要您做了最微小的一個動作，只要您揚起手搧搧風，愛絲黛爾和我都能感受到震動。我們之中沒有一個人能單獨得救；要不就一起沉淪，要不就一起得救。您做個選擇。（停頓一會兒）怎麼了？

伊涅絲 他們租出去了。窗戶大開著，一個男人坐在我床上。他們把房間租出去了！他們把房間租出去了！請進，請進，請別拘束。是個女的。她走向他，他把兩手搭在她肩膀上……他們幹嘛不開燈，都看不到了；他們要擁抱嗎？那是我的房間！我的房間！他們幹嘛不開燈？我看不見他們了。他們在說什麼悄悄話？他會在**我的**床上愛撫她嗎？她跟他說現在是正中午，陽光普照。那麼，是我變瞎了。（停頓一會兒）結束了。什麼都沒了，我什麼都看不到，什麼都聽不到了。哎呀，我猜想和塵世再無關係了。再也沒有藉口。（她打了個寒顫）我感覺自己空了。現在，我是真的死了。完完全全在這裡了。（停頓一會兒）您剛才說什麼？您說到要幫助我，是嗎？

卡爾山 是的。

伊涅絲 幫助我什麼？

卡爾山 破解他們的詭計。

伊涅絲 那我要回報什麼？

卡爾山 您也幫助我。只需要一點努力，伊涅絲，只不過一點點真心誠意。

伊涅絲 真心誠意……您要我去哪裡找真心誠意？我爛到骨子裡了。

卡爾山 我還不是一樣？（停頓一會兒）無論如何，我們試試吧？

伊涅絲 我已枯竭。我不能收受也不能給予；您要我怎麼幫助您呢？一根枯木，火很快會燒起來。（停頓一會兒；她看著把臉埋在雙手裡的愛絲黛爾）芙蘿倫絲是金髮。

卡爾山　您知道這小女人將會是您的劊子手嗎？

伊涅絲　或許我早就猜到了。

卡爾山　他們就是藉由她來陷害您。至於我呢，我……我……我對她一點都不在意。要是您這邊也……

伊涅絲　怎麼？

卡爾山　這是個陷阱。他們虎視眈眈看著您會不會上當。

伊涅絲　我知道。那**您**呢，您也是個陷阱。您以為他們沒料到您會說的話嗎？其中沒有藏著我們看不見的機關嗎？一切都是陷阱。但這對我又會怎樣呢？我也是，我也是個陷阱。對她來說的一個陷阱。也或許是我會抓住她的狐狸尾巴呢。

卡爾山　您什麼都不會抓住。我們像是旋轉木馬上跟著跑的木馬，永遠不會碰頭。您大可以相信他們都安排好了。算了，伊涅絲。張開雙手，放手吧。否則您會造成我們三個人的厄運。

伊涅絲　我像是會放手的人嗎？我知道等待著我的是什麼。我要燃燒，我燃燒並且知道沒有盡頭；我通通知道；您認為我會放手嗎？我會抓住她，她透過我的眼睛看您，就像芙蘿倫絲透過我的眼睛看那個人。您剛才說到您的厄運，我跟您說我通通知道，但我連可憐自己都做不到。陷阱，哈！陷阱。我自然是落入陷阱裡了。那又怎樣呢？他們如果因此高興，那更好。

卡爾山 （手放在她肩膀上）我呢，我可以可憐您。看著我，我們已經赤裸裸。赤裸到骨子裡了，而我能看透您的心。這是一個聯繫，您難道認為我想要傷害您嗎？我不後悔任何事，我不抱怨；我也是，我已枯竭。但是對您，我可以憐憫。

伊涅絲 （在他說話時都任由他的手放在肩上，現在搖晃身體）別碰我。我厭惡別人碰觸到我。收起您的憐憫。得了！卡爾山，在這個房間裡，對準您的陷阱也不少。對準您的。為您準備的。您最好保住自己就好了。（停頓一會兒）如果您完全不再管那個小女人和我的事，我也會盡量不傷害您。

卡爾山 （盯著她一會兒，然後聳聳肩）好吧。

愛絲黛爾 （抬起頭來）救救我，卡爾山。

卡爾山 您要我做什麼？

愛絲黛爾　（站起身走過去靠近他）我啊，您可以幫助我。

卡爾山　您去對她說吧。

伊涅絲靠過來，緊緊貼在愛絲黛爾身後，但沒碰觸到她。在以下的對話中，她幾乎是靠著她的耳朵說話。愛絲黛爾朝著卡爾山說話，卡爾山卻只看著她沒說話，愛絲黛爾就好像在回答卡爾山的詢問似的。

愛絲黛爾　求求您，您答應過我，卡爾山，您答應過我！快點，快點，我不能再獨自待在這裡了。奧勒佳帶他去舞廳了。

伊涅絲　她帶誰去了？

愛絲黛爾　皮耶。他們正在共舞。

伊涅絲　皮耶是誰？

愛絲黛爾　一個小傻瓜。他稱我是活水。他愛我。她把他帶到舞廳去了。

伊涅絲　妳愛他嗎？

愛絲黛爾 他們坐下來。她氣喘吁吁。她幹嘛跳舞呢？恐怕只是為了減肥。當然不。我當然不愛他，他十八歲，我啊，我又不是吃小孩子的巫婆。

伊涅絲 那妳管他們做什麼。跟妳有什麼關係呢？

愛絲黛爾 他曾經是我的。

伊涅絲 塵世沒有任何東西是妳的了。

愛絲黛爾 他曾經是我的。

伊涅絲 是，**曾經是**……那妳試著把他拉回來，試著碰觸他。奧勒佳可以碰觸到他，不是嗎？不是嗎？她可以牽著他的雙手，輕撫他的膝蓋。

愛絲黛爾 她把雄偉的雙峰緊貼著他，對著他的臉細聲輕語。拇指姑娘，可憐的拇指姑娘，你怎麼還沒對著她的臉大聲笑出來呢？啊！只消我一個眼神，她是絕對不敢這樣的……難道我真的什麼都不算數了嗎？

伊涅絲 什麼都不算數了。世間已經沒有任何妳的東西了，妳所有擁有的是在這裡。妳要裁紙刀嗎？妳要巴貝迪安塑像嗎？藍色沙發是妳的。而我呢，我的小女人，我永遠屬於妳。

愛絲黛爾　哈？屬於我？哎呀，你們兩個之中有誰敢稱我是活水呢？你們這些其他人不會被背叛，你們知道我是個垃圾。想想我吧，皮耶，只想著我，捍衛我；只要你想著：我的活水，我心愛的活水，那我就只有一半在這裡，只有一半有罪，我是塵世裡的活水，待在你身旁。她臉紅得像顆番茄。瞧瞧，這怎麼可能，我們倆一起嘲笑她不下百次。這是什麼曲調？我以前那麼喜歡的。啊！是《聖路易藍調》。嗳，跳吧，跳吧。卡爾山，您如果看得到她一定會覺得很好笑。她永遠不會知道我**看著**她。我看著妳，頭髮凌亂，臉神激動，我看到妳跳舞踩到他的腳。真是快笑死了。跳吧！再快點！再快點！他把她拉進，他把她推出。真不要臉。再快點！他那時對我說：您那麼輕盈。跳吧！跳吧！（她邊說邊跳舞）我跟妳說我看著妳。她不在乎，她在我的眼神中跳舞。我們親愛的愛絲黛爾！什麼，我們親愛的愛絲黛爾？啊！妳閉嘴。我的葬禮上妳甚至沒掉一滴淚。她跟他說「我們親愛的愛絲黛爾」。她臉皮還真厚，敢跟他談起我。跳吧！跟上節拍。她可沒辦法邊說話邊跳舞。但怎麼……不！不！別告訴他！我把他讓給妳，帶走他，留住他，妳愛拿他怎樣就怎樣，但是別告訴他……（她停下舞步）

好吧，那麼，妳現在可以留住他了。卡爾山，她全告訴他了：羅傑、去瑞士、嬰孩，她一五一十全告訴他了。「我們親愛的愛絲黛爾不是……」。沒錯，沒錯，的確，我不是……他神情悲傷地搖了搖頭，但也不能說被這消息震驚了。現在妳留著他吧。我不會再跟妳搶他那長長的睫毛和他那女孩兒的神氣。哈！他曾稱我為他的活水，他的水晶。好啦，水晶已成碎片。「我們親愛的愛絲黛爾」。跳吧！那就跳吧！跟上節拍。一，二。（她跳著舞）我可以傾盡所有，只希望回到人間一刻，僅僅一刻，僅僅為了跳舞。（她跳舞；停頓一會兒）我聽不太清楚。他們像要跳探戈一樣熄了燈；為什麼用弱音器彈奏音樂呢？大聲點！怎麼如此遙遠！我……我完全聽不到了。（她停下舞步）世界永遠離我而去了。卡爾山，看著我，抱著我。

伊涅絲做手勢要卡爾山退開，她貼著愛絲黛爾背後。

伊涅絲　（專橫地說）卡爾山！

卡爾山　（退後一步，手指著伊涅絲對愛絲黛爾說）您跟她說吧。

愛絲黛爾　（抓著他）您別走！您是個男人嗎？看著我呀，別移開眼光，看我這麼難以忍受嗎？我一頭金髮，再怎麼說，還有人為我自殺呢。求求您，您反正要看著某個東西，若不是我，那就是這尊銅像、這張桌子或這張沙發。看起來比較舒服的總是我吧。聽好了，我從他們心裡跌落，就像跌落鳥巢的一隻幼雛。拾起我，留住我，在你心裡，你會發現我的溫柔善良。

卡爾山　（用力推開她）我已經跟您說了，把您的話對她說吧。

愛絲黛爾　對她說？她又不算數，她是個女人。

伊涅絲　我不算數？但是，小鳥，小雲雀，妳已經在我心中庇護了許久。別害怕，我會一直看著妳，連眼皮都不眨。妳會活在我目光裡，就像一縷陽光下的亮片。

愛絲黛爾　一縷陽光？哈！別再來干擾我了吧。您剛才想給我重重一擊，不是失敗了嗎？

伊涅絲　愛絲黛爾！我的活水，我的水晶。

愛絲黛爾　**您的**水晶？真可笑。您想騙誰？得了，大家都知道我把嬰兒從窗戶丟出去。水晶已經碎了一地，我不在乎。我只剩下這皮囊——而我這皮囊不屬於您。

伊涅絲 來！您想成為什麼樣都好：活水、髒水，妳會在我的眼底看到妳想成為的模樣。

愛絲黛爾 放過我吧！您沒有眼睛。我要怎麼做妳才會放過我呢？這樣吧！

她對著她臉上吐口水。伊涅絲猛然放開她。

伊涅絲 卡爾山！您會為此付出代價！

停頓一會兒，卡爾山聳聳肩，向愛絲黛爾走去。

卡爾山 所以囉？妳要一個男人？

愛絲黛爾 不是要一個男人，是要你。

卡爾山 別編故事了。隨便誰都可以。我正好在這兒，那就我了。好吧。（他摟住她肩膀）我沒什麼可取悅妳的，妳知道，我不是一個小傻瓜，也不會跳探戈。

愛絲黛爾　我會接受這樣的你。也或許我能改變你。

卡爾山　這點我心存懷疑。我會……心不在焉。我腦袋裡想著別的事。

愛絲黛爾　什麼別的事？

卡爾山　妳不會感興趣的。

愛絲黛爾　我會坐在你的沙發上。我會等著你來照應我。

伊涅絲　（哈哈大笑）哈！母狗！趴下！趴下！他連帥都說不上。

愛絲黛爾　（對卡爾山說）別聽她的。她沒眼睛，也沒耳朵。她不算數。

卡爾山　我會傾盡所有給妳，但這所有並不多。我不愛妳，我對妳認識太深了。

愛絲黛爾　你對我存有欲望嗎？

卡爾山　有。

愛絲黛爾　我要的就只是這樣。

卡爾山　那麼……

他傾身朝向她。

伊涅絲　愛絲黛爾！卡爾山！你們喪失理智了！我，我在這兒呢！

卡爾山　我知道啊，所以呢？

伊涅絲　當著我的面？你們不……你們不能！

愛絲黛爾　為什麼？我在我貼身女僕面前也脫光光啊。

伊涅絲　（緊抓住卡爾山）放開她！放開她！別用您男人的髒手碰她！

卡爾山　（猛力推開她）得了，我不是正人君子，我可不怕衝撞女人。

伊涅絲　您答應過我的，卡爾山，您答應過我的！求求您，您答應過我的！

卡爾山　是您破壞約定。

伊涅絲退到一旁，退到房間最底端。

伊涅絲　做你們想做的，你們是最強的。但是別忘記，我在這裡，看著你們。我會緊盯著你們，卡爾山；您得在我眼皮子底下擁抱她。我多麼恨你們兩個！你們歡愛吧，歡愛吧！我們在地獄裡，終會輪到我的。

接下來的一幕，她一語不發看著他們。

卡爾山 （走回愛絲黛爾身邊，摟著她雙肩）嘴唇過來。

停頓一會兒。他朝她彎下身又突然直起身來。

愛絲黛爾 （做個氣憤的手勢）啊！……（停頓一會兒）我跟你說了別注意她。

卡爾山 就是因為她。（停頓一會兒）寇梅茲在報社。他們關上了窗戶；所以現在是冬天。六個月。他們把我……已經六個月了。我不是早就告訴妳我可能會心不在焉？他們冷得打哆嗦；他們都沒脫西裝外套……他們這麼冷真奇怪，我卻這麼熱。這一次，他談的是我。

愛絲黛爾 會很久嗎？（停頓一會兒）你至少告訴我他說了什麼。

卡爾山 什麼都沒有。他什麼都沒說。他是個混蛋，如此而已。（他側耳傾聽）一個大混蛋。算了！（他又湊向愛絲黛爾）還是回到我們身上吧！妳會愛我嗎？

愛絲黛爾 （微笑）誰知道呢？

卡爾山 妳會信任我嗎？

愛絲黛爾 多奇怪的問題，你會一直在我眼皮子底下，你總不會因為伊涅絲而背叛我吧。

卡爾山 這是當然。（停頓一會兒。他放開愛絲黛爾的雙肩）我說的是另外一種信任。（他傾聽）說吧！說吧！說你想要說的，反正我不在現場，不能捍衛自己。（對愛絲黛爾說）愛絲黛爾，妳**必須**信任我。

愛絲黛爾 真惱人！你擁有我的嘴唇，我的雙臂，我整個身體，一切本可以如此簡單……我的信任？但是我沒有信任可以給啊；你真是令我火大。啊！你這樣要求我信任你，真是煞風景。

卡爾山 他們槍斃了我。

愛絲黛爾 我知道，你拒絕入伍。然後呢？

卡爾山 我……我也不是全然拒絕。（對著隱形的人說）他說得倒好聽，他譴責得有道理，但是他沒說應該怎麼做。難道要我去總秘書處，跟他說「上級啊，我不走」？蠢死了！他們一定會把我關進牢裡。我想要見證，我，想見證！我不想讓他們箝制我的聲音。（對愛絲黛爾說）我……我搭上火車。他們在國界邊境抓到我。

愛絲黛爾　你想要去哪裡？

卡爾山　去墨西哥市。我本來想去那裡辦一份反戰的和平報。（沉默一陣）唉呀，妳說點什麼吧。

愛絲黛爾　你要我說什麼？既然你不想打仗，那樣做很對呀。（卡爾山做了個被激怒的手勢）啊！親愛的，我怎麼猜得到應該怎麼回答你呢？

伊涅絲　我的寶貝，應該跟他說他像隻獅子般逃跑了。因為妳那大大親愛的就是逃兵啦。這就是他無法釋懷的。

卡爾山　逃跑、離開，隨便妳們怎麼說。

愛絲黛爾　你不得不逃啊。如果你留下了，他們手早就勒住你的脖子了。

卡爾山　當然囉。（停頓一會兒）愛絲黛爾，我是懦夫嗎？

愛絲黛爾　我怎麼知道，我的愛人，我又不是你肚子裡的蛔蟲。是你自己要決定才對。

卡爾山　（疲憊的手勢）我無法決定。

愛絲黛爾　你應該回想一下；你當時會那麼做，一定是有種種原因的。

卡爾山　是啊。

愛絲黛爾　是什麼原因呢？

卡爾山　但那些是真正的原因嗎？

愛絲黛爾　（沮喪地）你還真複雜。

卡爾山　我本來是想見證，我……我思考了很久……那些是真正的原因嗎？

伊涅絲　啊！這就是關鍵。那些是真正的原因嗎？你前思後想，不想貿然行事。但是恐懼、怨恨和隱藏其中的所有骯髒事，那些**也都是**原因。好吧，好好想，問問你自己。

卡爾山　閉嘴。妳以為我稀罕妳的意見嗎？我在牢房裡踱來踱去，夜裡，日裡。從窗戶踱到門，從門踱到窗戶。我被層層監視。我被亦步亦趨追蹤。我感覺耗盡一整個生命詢問自己，然後呢，我採取行動了。我……我搭上了火車，這一點是確定的。但是為什麼？為什麼？到最後我這麼想：就讓死亡來決定吧；如果我清清白白地死，那就證明我不是懦夫……

伊涅絲　你是怎麼死的，卡爾山？

卡爾山　死得很慘。（伊涅絲大笑）喔！只是肉體損害。我不因此覺得可恥。只不過，一切都無法蓋棺論定。（對愛絲黛爾說）妳過來這裡，看著我。當塵世他們談論我的時候，我需要有人看著我。我喜歡綠色眼珠。

伊涅絲　綠色眼珠？您看到的是這個！那妳呢，愛絲黛爾？妳愛懦夫嗎？

愛絲黛爾　懦夫不懦夫，我才不在乎呢，只要他做愛功夫好。

卡爾山　他們搖頭晃腦抽著雪茄；他們百般無聊。他們心想：卡爾山是個懦夫。他們有氣無力，若有似無，只不過總得想點什麼事。卡爾山是個懦夫。這就是他們蓋棺論定的，他們，我那些朋友們。六個月之後，他們會說：懦弱如卡爾山。妳們兩個都很幸運，塵世裡沒有人會再想到妳們。我啊，我的命比較苦。

伊涅絲　那您的妻子呢，卡爾山？

卡爾山　唉，怎麼，我妻子？她已經死了。

伊涅絲　死了？

卡爾山　我大概忘記告訴您了。她不久前死了。大約兩個月前。

伊涅絲 憂傷而死？

卡爾山 當然是憂傷而死。要不然您要她怎麼死呢？好啦，一切都很好，戰爭結束，我妻子死了，我也進入歷史。

他乾哭了一下，抹了一下臉。愛絲黛爾抱住他。

愛絲黛爾 我親愛的，我親愛的！看著我，親愛的！摸摸我，摸摸我。（她拉起他一隻手，放在自己喉頭）把你的手放在我喉頭。（卡爾山做個動作要掙開手）留下你的手，放在這兒，不要動。他們會一個一個死去，管他們想什麼呢。忘記他們。現在只有我。

卡爾山 （掙開手）他們啊，他們不會忘了我。他們會死，但是其他人會繼起，也會重拾這個論調，我把生命落在他們手掌心裡了。

愛絲黛爾 啊！你想太多了。

卡爾山 還能怎麼辦？要是以前，我一定會有動作……啊！要是能僅僅一天讓我回到他們中間……那會怎麼打臉他們！但我已經淘汰出局；他們不顧我就做了定論，他們怎麼說都有理，因為我已經死了。無處可逃。（他笑）我已經成為公共財產。

一陣沉默。

愛絲黛爾 （輕聲說）卡爾山！

卡爾山 妳在這兒？好，聽我說，妳要幫我個忙。不，別往後退。我知道妳可能覺得很怪，妳不習慣有人向妳求救。但是如果妳願意，倘若妳努力一下，我們或許真得可以相愛？妳看，他們有一千個人不斷重複說我是懦夫。但是一千人又如何？倘若有一個人，僅僅一個人，傾盡全力肯定我並沒有逃跑，我**絕不可能**逃，我很勇敢，我是清白的，那我……我確信能夠得救！妳願意相信我嗎？那麼我會珍惜妳勝過我自己。

愛絲黛爾 （笑著說）傻瓜！親愛的傻瓜！你認為我可能愛一個懦夫嗎？

卡爾山 但是妳剛才說……

愛絲黛爾 我是逗你的。我喜歡男人，卡爾山，真正的男人，皮膚厚實，雙手有力。你的下巴不是懦夫的下巴，你的嘴巴不是懦夫的嘴巴，你的聲音不是懦夫的聲音，你的頭髮不是懦夫的頭髮。我喜歡你是因為你的嘴巴，你的聲音，你的頭髮。

卡爾山 真的嗎？是真的嗎？

愛絲黛爾 你要我發誓嗎？

卡爾山 那麼，我就可以對抗他們所有人，在塵世和在這裡的人。愛絲黛爾，我們可以離開地獄。（伊涅絲放聲大笑。他停下話，看著她）怎麼了？

伊涅絲 （笑著說）她根本不相信自己說的任何一個字；你怎麼這麼天真？「愛絲黛爾，我是懦夫嗎？」你難道不知道她一點都不在乎！

愛絲黛爾 伊涅絲。（對卡爾山說）別聽她的。你若要我信任你，那就先開始信任我。

伊涅絲 對呀，對呀！要信任她。她需要一個男人，這點你大可相信，一隻環繞著她的腰的男人手臂，一個男人的氣息，男人眼裡散發的男人欲望。至於其他的……哈！只要你聽著順耳，她大可以告訴你，你是上帝，是天父。

卡爾山　愛絲黛爾！這是真的嗎？回答我，這是真的嗎？

愛絲黛爾　你要我回答你什麼？我對這些根本不懂。（她跺腳）這一切真煩死人！就算你是個懦夫，我也愛，可以了吧！這還不夠嗎？

停頓一會兒。

卡爾山　（對兩個女人說）妳們讓我噁心。

他走向門。

愛絲黛爾　你做什麼？

卡爾山　離開這裡。

伊涅絲　（很快地）你走不遠的，門關著。

卡爾山　他們得把門打開。

他按下鈴。鈴沒響。

愛絲黛爾 卡爾山！

伊涅絲 （對愛絲黛爾說）別擔心，那個鈴不靈光。

卡爾山 我跟妳們說，他們會開門。（他亂拳拍著門）我再也無法忍受妳們，受不了了。（愛絲黛爾跑向他，他推開她）走開！妳比她還令我噁心。我不想在妳眼裡沉淪。妳汗濕淋淋！妳死氣沉沉！妳是一隻八爪章魚，妳是一潭沼澤。（他拍著門）你們要開門嗎？

愛絲黛爾 卡爾山，求求你，別走，我不再跟你說話了，我完全不干擾你了，但是別走。伊涅絲露出了利爪，我再也不要跟她單獨相處了。

卡爾山 你自己想辦法。我又沒要求妳來這裡。

愛絲黛爾 懦夫！懦夫！你果然是個懦夫！

伊涅絲 （靠近愛絲黛爾）唉呀，我的雲雀，妳不開心嗎？妳為了討他開心吐了我口水，因為他而讓我們起了嫌隙，但是他要走了，那個掃興鬼。他要留我們女生在一起。

愛絲黛爾 妳不會得到任何東西，如果這扇門開了，我會逃。

伊涅絲 逃到哪裡？

愛絲黛爾 隨便哪裡都行。愈遠愈好。

卡爾山不停亂拍著門。

卡爾山 開門！開門！我接受一切：夾棍、夾鉗、溶鉛、火鉗、絞具、所有燒的、所有撕扯的刑具，我要好好受罰。我寧可受一百次啃咬，寧可受鞭打、硫酸，而非這縈繞腦中的折磨，這如影隨形的痛苦，若有似無，從不真正痛苦卻讓人不安。（他握住門把搖動）你們打開門嗎？（門突然打開，他差點跌倒）哈！

一陣長長沉默。

伊涅絲 怎麼了，卡爾山？您走吧。

卡爾山 （緩緩地說）奇怪這扇門為什麼開了。

伊涅絲 您等什麼呢？走啊，快點走！

卡爾山 我不會走。

伊涅絲 那妳呢，愛絲黛爾？（愛絲黛爾一動也不動，伊涅絲哈哈大笑）所以呢？哪一個？我們三人之中哪一個會走？道路敞開著，有誰攔著我們？哈！真笑死人！我們是不可分的。

愛絲黛爾從她後面抓住她。

愛絲黛爾 不可分？卡爾山！來幫我。快來幫我。我們把她拖出去，然後把門關上；她自己看著辦。

伊涅絲 （掙扎著）愛絲黛爾！愛絲黛爾！求求妳，留下我。不要去走廊，不要把我丟到走廊上！

卡爾山　放開她。

愛絲黛爾　你瘋了嗎，她恨你。

卡爾山　我留下來是因為她。

愛絲黛爾放開伊涅絲，呆愣地看著卡爾山。

伊涅絲　因為我？（停頓一會兒）好吧，那麼，把門關上吧。門打開之後又熱了十倍。（卡爾山走到門前，關上）因為我？

卡爾山　是的。妳，妳知道什麼是一個懦夫。

伊涅絲　是，我知道。

卡爾山　妳知道什麼是惡、羞愧、害怕。有些日子妳看到自己內心——而這讓妳驚詫地手足無措。次日，妳不知該怎麼想，無法解讀前一天所發現的。是的，妳知道惡的代價。妳說我是個懦夫，想必知道原因囉？

伊涅絲　我知道。

卡爾山 我必須說服的是妳，妳跟我是同一類人。妳還以為我會走嗎？我不能讓妳得意洋洋地留在這裡，懷著滿腦子想法，所有有關我的想法。

伊涅絲 你真能說服我嗎？

卡爾山 我沒有其他辦法。妳知道我已經聽不見他們了。他們和我之間無疑是結束了。結束了，事件已結案，我在塵世已不算數，連個懦夫都算不上。伊涅絲，現在我們在這裡獨處，只有妳們兩個可以想到我。她不算數，而妳，妳恨我，如果妳相信我，就能救我。

伊涅絲 這可不容易。看著我，我的腦袋很固執。

卡爾山 花多少時間我都願意。

伊涅絲 喔！你的時間多得是。你有**所有的**時間。

卡爾山 （搭著她的雙肩）聽我說，每個人都有目的，不是嗎？我呢，我不在乎金錢，也不在意愛情。我要的是做個男人，一個強悍的男人。我所有的努力都是這個。當我們選擇了最險峻的途徑，有可能是懦夫嗎？人們可以因一個行動去評斷一整個人生嗎？

伊涅絲 為什麼不行？你三十年來自以為內心純厚；你放過自己千萬個小弱點，因為英雄不拘小節。多麼方便容易啊！然後呢，危險時刻到來時，一旦你被逼到牆角……你就搭上去墨西哥市的火車。

卡爾山 我並不是幻想這種英雄主義，而是選擇了它。我們成為的是我們想要成為的人。

伊涅絲 那你證實啊。證實這不是個幻想。我們想要成為的，唯有以行動來決定。

卡爾山 我死得太早了。他們沒讓我有時間採取**我的**行動。

伊涅絲 人永遠死得太早——或是太晚。然而現在生命已經結束，句號已畫下，是得下結論了。你活過的一生就是你僅有的價值。

卡爾山 毒舌！妳嘴不饒人。

伊涅絲 得了！得了！別喪氣。你想說服我應該很簡單。想點論據，加把勁。（卡爾山聳聳肩）所以呢，所以呢？我就說你不堪一擊。啊！現在你要付出代價了。你是個懦夫，卡爾山，你是個懦夫因為我這樣決定。我這樣決定，你聽清楚了嗎，我決定你是個懦夫！然而，你看看我多麼瘦弱，像一口殘氣；我有的只是看著你的眼神，還有評斷著你的蒼白思想。（他走向她，兩手張開）哈！這兩隻男人的大手張開了。但是你期望什麼呢？思想不是手能抓住的。得了，你沒有其他選擇，只能說服我。你在我手掌心裡。

愛絲黛爾　卡爾山！

卡爾山　什麼事？

愛絲黛爾　你要報復。

卡爾山　怎麼報復？

愛絲黛爾　擁抱我，你就會看到她暴跳如雷。

卡爾山　這倒是真的，伊涅絲。我在妳手掌心裡，但妳也在我手掌心裡。

他傾身朝向愛絲黛爾。伊涅絲大叫一聲。

伊涅絲　哈！懦夫！懦夫！去吧！去尋求女人的安慰吧。

愛絲黛爾　吼吧，伊涅絲，吼啊！

伊涅絲　一對佳偶！妳沒看見他貼在妳背上、撫摸著妳肌膚和衣服的那隻大蹄子。他的雙手潮濕，他在流汗。他會在妳衣服上留下藍色手痕。

愛絲黛爾　吼吧！吼吧！卡爾山，再抱緊一點；她會氣死。

伊涅絲　是啊，緊緊抱著她，抱緊！彼此取暖。卡爾山，愛情真好，嗯？像睡眠一樣溫暖深沉，但是我會阻止你睡。

卡爾山做了個手勢。

愛絲黛爾　別聽她。吻我的嘴；我整個人都屬於你。

伊涅絲　喂，你還等什麼？擁抱著殺嬰犯愛絲黛爾的懦夫卡爾山，人家叫你做什麼就做啊。打賭開始了。懦夫卡爾山會親吻她嗎？我看著你們，我看著你們；光我一個人就構成了群眾，圍觀群眾。卡爾山，群眾，你聽到了沒？（低語）懦夫！懦夫！懦夫！懦夫！你逃避不了我，我不會放過你。你在她嘴唇上要尋求什麼呢？遺忘嗎？但是我啊，我不會忘記你。你應該說服的是我。是我。來呀，來呀！我等著你。妳看，愛絲黛爾，他抱妳的手鬆開了，他就像條狗一樣聽話……妳得不到他的！

卡爾山 天永遠都不會黑嗎？

伊涅絲 永遠不會。

卡爾山 妳永遠看得到我？

伊涅絲 永遠看得到。

卡爾山拋下愛絲黛爾，在房間裡走了幾步。他走到銅像旁邊。

卡爾山 銅像……（他摩娑著銅像）噯，現在是時間了。銅像在這兒，我端詳著它，我明瞭自己在地獄裡。我跟妳們說，一切都是預設好的。他們早就預料到我會站在這壁爐前，手放在銅像上，所有的眼光都看著我。所有讓我坐立難安的眼光……（他猛然轉身）哈！妳們只有兩個人？我還以為會有很多人呢。（他笑了起來）所以，這就是地獄，我根本不敢相信……妳們記得嗎？硫磺、火燒、炙烤……啊！真得是玩笑一場！不需要炙烤——地獄，即他人。

愛絲黛爾　我的愛人！

卡爾山　（推開她）別管我。她介在我們之間。只要她看著我，我就無法和妳歡愛。

愛絲黛爾　哈！那麼，她再也看不到我們了。

她拿起桌上的裁紙刀，撲向伊涅絲，在她身上刺了幾刀。

伊涅絲　（掙扎著並大笑）妳在做什麼，妳在幹嘛，妳瘋了嗎？妳明明知道我已經死了。

愛絲黛爾　死了？

她任由手上的刀掉落。停頓一會兒。伊涅絲拾起刀子，暴怒地朝自己身上猛刺。

伊涅絲　死了！死了！死了！不必刀子，不必毒藥，也不必繩索。**已經**完事了，妳懂嗎？我們會永遠待在一起。

她大笑。

愛絲黛爾　（哈哈大笑）永遠，我的天啊，這真好笑！永遠！

卡爾山　（看著她們兩個，笑了）永遠！

他們跌坐在各自的沙發上。一陣長長靜默。他們停下笑聲，彼此互看。卡爾山站起身。

卡爾山　那麼，我們繼續吧。

落幕

蒼蠅
Les mouches

三幕劇

譯注：這本劇本取材於古希臘神話阿加曼農（Agamemnon）的家族故事，或許有必要概略介紹這個故事背景，幫助讀者了解。

阿加曼農是古希臘神話中一個重要人物，是希臘邁錫尼國王，被稱為「眾王之王」，是阿特柔斯（Atrée）之子，整個家族被稱為阿特柔斯家族。

阿加曼農娶克呂泰涅斯特拉（Clytemnestre）為妻，生下三個女兒與一個兒子。兒子就是本劇中的奧亥斯特（Oreste），最小妹妹則是劇中的愛勒克特（Électre）。阿加曼農在特洛伊戰爭中，為了平息海上颶風，獻祭出長女伊菲吉妮亞（Iphigénie）才得以出航，此舉引起妻子極大怨恨。十年征戰回來，皇后克呂泰涅斯特拉偕同情夫艾吉斯特（Égisthe）殺了阿加曼農，奪取王位。奧亥斯特年幼時被送出雅高城，因而逃過死劫，長大後回來為父親復仇，殺死艾吉斯特以及親生母親。

神話中的復仇女神（Érinnye）其實只有三位，追獵殺人凶手，尤其是弒親者，是最令人懼怕的神祇。

獻給查爾斯・杜蘭[1]
藉此表達對他的感謝與友誼

1 查爾斯・杜蘭（Charles Dullin, 1885-1949），法國舞臺劇、電影導演及演員。本齣舞臺劇寫於一九四二年，一九四三年由杜蘭搬上舞臺首演。

本齣戲在西堤劇院（Théâtre de la Cité）首演（並由查爾斯．杜蘭導演），演出者包含：查爾斯．杜蘭先生、喬弗（Joffre）、保羅．烏特利（Paul Œtly）、吉恩．拉尼耶（Jean Lannier）、諾伯特（Nobert）、呂西安．阿諾（Lucien Arnaud）、馬歇爾．達瓦爾（Marcel d'Orval）、本德（Bender）。

佩雷特（Perret）先生、奧爾嘉．多明尼克（Olga Dominique）、卡山（Cassan）等人共同創作而出。

登場人物

朱比特（Jupiter）
奧亥斯特（Oreste）
艾吉斯特（Égisthe）
師保
第一名士兵
第二名士兵
大祭司
愛勒克特（Électre）
克呂泰涅斯特拉（Clytemnestre）
一位復仇女神

一位年輕女子

一位老婦人

男女眾百姓

復仇女神們、侍從們

宮殿守衛

第一幕

雅高城的一個廣場。廣場上豎立一尊掌管蒼蠅和死亡的朱比特雕像。雙眼一片白，臉上沾染著血。

第一場

一列穿著黑衣的老婦魚貫上場，在雕像前澆灑酒祭神。舞臺底端坐著一個白癡。奧亥斯特和師保上場，接著是朱比特。

奧亥斯特　喂，婦人們！

她們所有人都轉過身來，驚呼一聲。

師保　妳們能否告訴我們……

她們一邊退後一邊朝地上吐口水。

師保　妳們這些人聽好，我們是迷途的旅人。我只是想問妳們一個訊息而已。

老婦人們丟下酒罈四處逃走。

師保　壞老婆子！我總不會是覬覦她們的美貌吧？啊！我的主子，這旅程還真愉快！不管是在希臘或是在義大利，都有超過五百個城市，有美酒，有舒適的客棧，有擠滿人的街道，您卻福至心靈跑到這兒來。這些山裡的人好像從沒見過遊客；在這個陽光炙烤的該死小鎮，我問了不下一百次路。到處都是這樣的驚呼和同樣的潰散，黑溜溜的在這刺人眼的街道上一路逃跑。嘖！這些荒涼的街道，顫動的空氣，還有這太陽……還有什麼比這太陽更陰險邪惡的嗎？

奧亥斯特　我是在這裡出生的。

師保　似乎如此。但我要是您，可不會引以為豪。

奧亥斯特　我在這裡出生，卻得像個過客一樣問路。敲這家門！

師保　您希望什麼？有人來應門嗎？您瞧瞧這些房子，告訴我它們是什麼樣子。窗戶呢？我猜想是朝向封閉又陰暗的院子，把屁股朝著街……（奧亥斯特做個手勢）好啦，我敲門，不過不必抱希望。

他敲門。沉默。他又敲；門半開了。

一個聲音　您要什麼？

師保　只是一個簡單的訊息。您可知道住在……

門猛地關上。

師保　去死吧！奧亥斯特大人，現在您滿意了嗎，這次的經驗總夠了吧？您如果想要，我可以敲所有的門。

奧亥斯特　不用，算了。

師保　咦！這裡有個人。（他靠近白癡）大爺！

白癡 呃！

師保 （再次打招呼）大爺！

白癡 呃！

師保 可否請您告訴我艾吉斯特住在哪裡嗎？

白癡 呃！

師保 艾吉斯特，雅高城的國王。

白癡 呃！呃！

朱比特從舞臺後方穿過。

師保 運氣真差！唯一一個沒逃走的，是個白癡。（朱比特再次穿過後方）怎麼回事！他尾隨我們到這裡。

奧亥斯特 誰？

師保 那個大鬍子。

奧亥斯特 你在胡思亂想。

師保 我剛看到他走過去。

奧亥斯特 你一定是搞錯了。

師保 不可能。除了在巴勒摩看到的一座朱比特青銅雕像的大鬍子之外，我這輩子從沒見過這樣的鬍子。您瞧，他又走過去了。他要對我們做什麼呢？

奧亥斯特 他和我們一樣，在旅行。

師保 是喔！我們在前往德爾菲的路上遇見他。我們在伊第亞上船的時候，這大鬍子也在船上。在納夫普利翁[2]，他更是跟前跟後，現在呢，他又出現了。您一定覺得這些只是單純偶然囉？（他揮手驅趕蒼蠅）啊這個，我覺得雅高城的這些蒼蠅比居民熱情多了。看看這些，看看牠們！（他指著白癡的眼睛）他一隻眼睛上就停著十二隻，像停在麵包片上一樣，但是他呢，他笑得開懷，似乎很喜歡被叮著眼皮。叮著叮著呢，兩隻眼珠子沁出像凝乳的白色液體。（他揮趕著蒼蠅）可以了，這些蒼蠅，夠了！瞧瞧，牠們現在圍著我們了。（他揮趕蒼蠅）這麼一來，您可舒服了，您就不會如此抱怨身在自己國度像一個陌生人了，這些蒼蠅熱烈歡迎您，牠們似乎認出您來了。（他揮趕蒼蠅）走開，讓我安靜！讓我安靜！別太熱情了！牠們從哪兒跑來的呢？牠們發出的噪音比木鈴還吵，體型比蜻蜓還大。

朱比特 （靠近過來）這些是有點肥滋滋的肉蠅。十五年前，這座城散發一股強烈的腐屍味把牠們吸引來。自此之後，牠們愈來愈肥。再過十五年，牠們體型會大如小青蛙。

沉默一會兒。

師保 請問尊駕是？

朱比特 我名叫德米第歐斯，來自雅典。

奧亥斯特 半個月前我在船上看過您。

---

2 德爾菲（Delphes）、伊第亞（Itéa）、納夫普利翁（Nauplie）都是古代希臘城市。

朱比特 我也看到您了。

皇宮裡傳出陣陣恐怖的叫聲。

師保 哎呀！哎呀！這一切都亂七八糟，我的主人，我建議我們還是離開吧。

奧亥斯特 住嘴。

朱比特 你們不必擔心。今天是亡靈節。這些叫聲代表儀式要開始了。

奧亥斯特 您似乎對雅高城很熟悉。

朱比特 我經常來這裡。您可知，當阿加曼農國王回來那時，凱旋的希臘船隻停泊在納夫普利翁錨灣，當時我也在這裡。在護城牆上可以看到白色的船帆。（他揮趕蒼蠅）那個時候，雅高城還沒有這些蒼蠅。那時雅高城只是一個鄉省小城市，在陽光下懶洋洋地百般無聊。接下來的幾天，我和其他人攀上了圍繞護城牆的路，久久凝視著皇家隊伍朝向平原前進。第二天的晚上，克呂泰涅斯特拉皇后出現在護城牆上，身邊陪著現任的國王艾吉斯特。雅高城的人們望著他們倆被夕陽映紅的臉；看著他倆在護城牆的雉堞上方傾著身，良久望著海的方向；人們心想：「該有壞事要發生了。」但是他們嘴裡什麼都不說。您應該知道，艾吉斯特是克呂泰涅斯特拉皇后的情夫。他是個浪蕩子，那時就已經有憂鬱的傾向。您看起來很累？

奧亥斯特　是這段長途跋涉，以及這該死的炎熱。但我對您所說的很感興趣。

朱比特　阿加曼農是個好人，但您知道嗎，他犯了一個大錯。他不允許在公眾場所執行死刑。這很可惜。在鄉省裡，一場精采的吊刑讓大家得到消遣，也能讓百姓稍微對死亡喪失興趣。這裡的居民什麼也沒說，但是他們百無聊賴，很想看到血腥的死亡。他們看到國王出現在城門口時，什麼也沒說。當他們看到克呂泰涅斯特拉對他伸出擦著香膏的美麗雙臂時，什麼也沒說。那個時候，其實只需要一句話，區區一句話，但是他們都閉著嘴，每個人腦袋裡都浮現一個面目全非的巨大屍體的影像。

奧亥斯特　您呢，您也什麼都沒說？

朱比特　這讓您氣憤，年輕人？我非常高興，因為這證明您的崇高情感。我呢，我也什麼都沒說。我不是本地人，這與我無關。至於雅高城的人民，當他們次日聽見他們的國王在皇宮裡痛苦地大叫，他們還是什麼都沒說，他們垂下眼皮蓋住滿足地往上翻的眼睛，一整座城就像個發情的女人。

奧亥斯特　然後殺人犯統御了城邦。享受了十五年的幸福。我本以為眾神是有正義的。

朱比特　嘿！別太快指責眾神。難道一定要懲罰嗎？把這場紛亂引導到道德層面不是更好嗎？

奧亥斯特　眾神這麼做了嗎？

朱比特　眾神派來了蒼蠅。

師保　蒼蠅和這件事有什麼關係呢？

朱比特　喔！這是個象徵。眾神所做的事，就由此來評斷吧：您看見那邊那個拖著黑色碎步擦著牆邊走的像甲蟲的老太婆；是鑽滿這個城市裂縫的縮頭縮尾黑色動物的一個典型。我蹦起來抓那隻昆蟲，拎過來給您看。（他蹦到老太婆旁，把她拉到舞臺前方）這就是我釣到的魚。看看這恐怖模樣！嗚！妳眨眼睛，明明你們，你們這些人很習慣看被陽光曬得紅到發白的利劍啊。看看這在釣線那端驚跳的魚。告訴我，老太婆，妳是死了十幾個兒子嗎，得從頭到腳穿得一身黑。快說，說不定我會放了妳。妳是為誰服喪？

老太婆 這是雅高城的服裝。

朱比特 雅高城的服裝？啊！我懂了。妳服的是妳國王的喪，妳那被謀殺的國王。

老太婆 住嘴！看在上帝的面子上，住嘴！

朱比特 因為妳夠老，所以妳一定聽到那天一整個早上在城市街道裡盤旋不去的慘叫聲。妳做了什麼？

老太婆 我的男人在田裡幹活，我能做什麼呢？我把門鎖上。

朱比特 是的，然後妳半開了窗戶，好聽得更清楚，然後妳躲在窗簾後面窺伺，屏氣凝神，腰間一陣奇怪的搔癢。

老太婆 住嘴！

朱比特 那天夜裡妳一定翻天覆地做了一場愛吧。像一場歡宴，對吧？

老太婆 啊，大老爺，那是……一個恐怖的歡宴。

朱比特 一個血腥的歡宴，你們都沒能埋葬這記憶。

老太婆 大老爺！您是亡者嗎？

朱比特 亡者！夠了，夠了，瘋婆子。不必操心我是誰；妳最好擔心自己，以懺悔來獲得上天的原諒。

老太婆 啊，我懺悔，大老爺，您可知道我多麼悔恨，我女兒也懺悔，我女婿每年都供奉一頭母牛獻祭，我那快滿七歲的孫子，我們也是在懺悔中教育他長大，他乖巧得像個天使，一頭金髮，而且已深切體會到他的原罪。

朱比特 好了，妳走吧，垃圾老傢伙，趕緊在悔恨中死去吧。那是妳唯一的救贖。（老太婆溜走）我的大爺們，若我沒錯得離譜的話，我覺得這是最佳的虔誠恭敬，舊式的，牢牢坐實在恐懼上的。

奧亥斯特 您是何許人也？

朱比特 誰在乎我是誰呢？我們談的是眾神。那麼，應該讓艾吉斯特遭天打雷劈嗎？

奧亥斯特 應該……啊！我不知道應該怎樣，我也不在乎；我不是本地人。艾吉斯特也懺悔嗎？

朱比特 艾吉斯特？他會懺悔才怪。但這又有何重要呢。整個城都替他懺悔。懺悔啊，要用斤兩來算啊。（皇宮裡傳出恐怖的叫聲）您聽！為了要他們永不忘記他們國王垂死時的叫聲，一個放牛人因為嗓音大被選上，每年國王逝世紀念日到皇宮大廳裡這樣嚎叫。（奧亥斯特做了個厭惡的手勢）嘿！這還沒什麼，待會您還會看到他們解放亡靈呢。阿加曼農在十五年前的今日被謀殺，一天都不差。啊！從那以後，輕鬆愉快的雅高城人民改變了很多，現在他們相當貼近我的心！

奧亥斯特 **您的**心？

朱比特 算了，算了，年輕人。我只是自言自語。我本該說的是，貼近眾神的心。

奧亥斯特 真的嗎？沾染著血跡的牆壁，千百萬隻蒼蠅，血腥的氣味，甲蟲的腥臊，荒涼的街道，一座像被謀殺的神祇雕像，一堆生活在恐懼中的蟲蛆縮在家裡捶著胸——還有這叫聲，這些難以忍受的叫聲。這一切都讓朱比特開心嗎？

朱比特 啊！別評斷眾神，年輕人，祂們有不得已的祕密。

沉默一會兒。

奧亥斯特 我聽說阿加曼農有個女兒？一個名叫愛勒克特的女兒？

朱比特 沒錯。她住在這裡。住在艾吉斯特的宮殿裡——就在這兒。

奧亥斯特 啊！這是艾吉斯特的宮殿？——愛勒克特對這一切是怎麼想的？

朱比特 唉！她只是個孩子。本來還有個兒子，好像叫作奧亥斯特。聽說他死了。

奧亥斯特 死了！什麼玩意……

師保 是啊，我的主子，您很清楚他死了。納夫普利翁的居民跟我們說了，在阿加曼農死後沒多久，艾吉斯特就下令謀殺他。

朱比特 也有人說他還活著。被派去謀殺他的那些刺客動了惻隱之心，把他丟在森林裡。他被雅典一些仕紳收養長大。對我來說，我希望他死了。

奧亥斯特 請問為什麼呢？

朱比特 想像一下要是有一天他出現在這城門口……

奧亥斯特 那會如何？

朱比特 嘿！聽好，若是我遇見他，我會跟他說……我會這樣跟他說：「年輕人……」我稱他年輕人，因為他如果還活著，和您年紀差不多。對了，大爺，您可以告訴我您叫什麼名字嗎？

奧亥斯特 我名叫菲列博，科林斯人。我出來雲遊見世面，由這位充當我師保的奴隸陪同。

朱比特 很好。我會這樣說：「年輕人，走吧！來這裡做什麼呢？想伸張您的權益嗎？噯，您血氣方剛又英勇，會是一個驍勇善戰的戰隊裡的勇猛統帥，幹嘛來治理這個半死不活、骨子裡都被蒼蠅騷擾的城市。這裡的人民都是犯了大罪的人，但現在他們已致力贖罪。別管他們吧，年輕人，別管他們，尊重他們痛苦的修行，踮著腳尖輕聲走開吧。您無法分擔他們的悔恨，因為您並沒參與他們的罪行，您礙眼的清白把您和他們一分為二，中間一道鴻溝。走吧，如果您對他們存著一點愛。走吧，因為您會讓他們迷失。僅僅您在他們懺悔之途上攔下他們，僅僅一瞬間讓他們在悔恨中分了心，他們所有的錯就會像冷卻的油脂一樣凝結在他們身上。他們良心不安，他們恐懼——而恐懼、良心不安在眾神的鼻孔裡散發美妙的氣味。是的，眾神喜愛這些可憐的靈魂。您想要剝奪神明對他們的寵愛嗎？您又能拿什麼來交換呢？難道是吃飽好好消化，鄉省小城沉鬱的平靜，還有百般無聊，啊！一日復一日的無奈幸福。一路順風，年輕人，一路順風；一個城邦的秩序和民心的規範是不穩定的，倘若您插手，會引發一場悲劇。（他凝視他的眼睛）一場恐怖的悲劇將會降到您頭上。」

奧亥斯特　真的嗎？您會這樣說嗎？那麼，我如果是那個年輕人，我會這樣回答您……（他們兩人打量著彼此；師保咳嗽）嗳！我不知道我會怎麼回答。或許您說得有道理，而且這跟我沒關係。

朱比特　甚好。我希望奧亥斯特能和您一樣理智。好吧，祝您平安；我得去忙我的事了。

奧亥斯特　祝您平安。

朱比特　對了，若是這些蒼蠅煩擾到您，以下是驅趕牠們的方法。您看看圍繞身旁成群嗡嗡的蒼蠅，我動動手腕，我揮揮手臂，我口念：「阿巴沙，喀拉，喀拉，切，切。」您看，牠們摔在地下，開始像毛蟲一樣爬。

奧亥斯特　我的天啊！

朱比特　這沒什麼。雕蟲小技。我閒暇時間充當驅蠅巫師。日安。我會再見到您的。

他下場。

第二場

人物：奧亥斯特、師保

師保　您要當心。那個人知道您的身分。

奧亥斯特　他是人嗎？

師保　啊，我的主子，您真令我難過。您把我的訓誡、以及我教授的美好的懷疑主義[3]丟哪裡去了？「他是人嗎？」天啊，世間只有人，而這已經夠糟了。那個大鬍子是人，或許是艾吉斯特的奸細。

奧亥斯特　別再談你的哲學了。它造成我太大的痛苦。

師保　痛苦！賦予人心靈自由難道是傷害嗎？啊！您變了真多！以前我在您身上看

3 懷疑主義（scepticisme）是古希臘一個哲學流派，它並非主張真理不可能存在，而是認為沒有什麼是可以肯定地被認知的。

見……您能好歹告訴我您到底在籌畫什麼嗎？為什麼拖著我來到此地？您來這裡想幹什麼？

奧亥斯特　我有說到這裡想幹什麼嗎？好了，你住嘴。（他走向宮殿）這就是**我的**宮殿。我父親是在這裡出生的。是在這裡，一個婊子和她的姦夫謀殺了他。我啊，我也是在這裡出生。我差不多三歲時被艾吉斯特手下的傭兵帶走。我們勢必通過這座大門，他們其中一個拖著我，我睜大著眼睛，想必在哭叫著……啊！沒留下一點記憶。我眼下是一個寂靜無聲的大建築，高傲地帶著鄉省式的莊嚴。我第一次**看著**它。

師保　沒留下記憶，沒良心的主人，我不是貢獻了我生命十年時間為您留下記憶嗎？我們這些旅程呢？我們造訪過的城市呢？我專門教授您的這些考古課程呢？沒留下記憶？曾看過這麼多宮殿、聖壇、神廟，充斥在您記憶裡，您大可以像地理學家保薩尼亞斯一樣，寫下一本希臘導遊書。

奧亥斯特　宮殿！沒錯。宮殿、神柱、雕像！我腦子裡滿是這些石頭，人怎麼沒變得比較重呢？你怎麼沒提到艾菲索斯城的三百八十七級階梯呢？我一階一階而上，每一階我都記得。第十七階好像裂開了。啊！有一條狗，一條老狗趴在一個住家旁曬太陽，當牠的主人回來時，牠稍稍起身，輕聲嘰哼歡迎主人，一條狗都比我有記憶，牠認出**牠的**主人。**牠的**主人。但什麼是屬於我的呢？

師保　您把文化放到哪兒去了呢，先生？它是您的，您的文化素養，我以我的智慧結晶和寶貴經驗，像組合一束花一樣精心為您調製。我不是從您幼年就讓您廣讀書籍，讓您接觸各種不同的人性想法，並周遊列國，在各種不同情況為您指出人類各種不同心態與風俗嗎？現在您長成一個年輕人，富有而英俊，如老人般深思熟慮，擺脫所有的束縛和所有的信仰，沒有家庭，沒有祖國，沒有宗教信仰，沒有職業，可以自由投入任何職志，但深知不該被任何事業約束，總之您是人上之人，再說，以您的學識，足以在重要的大學城裡教授哲學或建築學呢，然而您還抱怨！

奧亥斯特　不，我不是抱怨。我不能抱怨。你給了我自由，就像被風吹斷的蜘蛛絲，在離地三尺處飄蕩；我的重量也只像一根絲，我活在空中。我知道這是一種幸運，適當時我也珍惜這樣的自由。（停頓一會兒）有些人生來就必須投入，他們沒有選擇，被丟到一條道路上，而這條路的底端，有一個行動等著他們，**他們的**行動；他們走在這條路上，赤著的腳重重地踏在地上，被小石頭劃傷。在你眼裡，滿心歡喜前往**某個地方**，很傭俗嗎？還有其他的人，默默不出聲的那些人，他們心底壓著模糊塵世影像的沉重；他們的生命一夕驟變，因為童年裡的某一天五歲、七歲時……別多說了，這些人不是人上之人。我呢，我在七歲時就知道我是被放逐之人；那些氣味和聲音，落在屋頂的雨聲，顫動的光線，我讓它們沿著我的身體滑落，落在我周身；我知道它們屬於其他人，我永遠無法把它們變成**我的**回憶。因為回憶是那些擁有房子、牲口、家僕、田地的人的豐厚養分。而我……我是自由的，感謝上天。啊！我是如此自由。但我的心靈如此枯槁。（他走向宮殿）我原本會在這裡生活。我可能不會讀任何一本你的那些書籍，或許我連字也不識，畢竟少有王子識字讀書。但是我會從這扇門進進出出千百次。孩童的時候，我可能會玩著擺動的門扇，用力撞著它，它會嘰嘰響著但撞不開，我的雙臂感受到它的抵抗。等我再大一些，我會在夜裡推開這扇門，偷跑出去和女孩子幽會。再後來，當我成年那一天，奴隸們會大大敞開這扇門，我會騎在馬上進去。我這木製的古門啊，我本會避著眼都能找到你的鎖孔。下方這個劃痕，很可能是我第一次拿到弓箭時不小心刮到的。（他往後，端詳宮殿）小多利安風格，是不是？你覺得這些鑲金如何？我在多多納聖殿也看過一樣的，做工真細。好吧，我會讓你安心。這不是**我的**宮殿，也不是**我的**門。我們和這裡毫無關係。

師保　您總算找回理智了。活在這裡您能獲得什麼呢？以現在的狀況，您的心靈會被這股噁心的悔恨嚇死。

奧亥斯特　（大聲地說）至少這心靈會是屬於我的。這曬紅我頭髮的烈陽也會屬於我。這嗡嗡的蒼蠅聲會屬於我。在這個時刻，我會赤裸地待在宮殿裡一個陰暗房間裡，從護窗板縫隙凝視紅色的光線，等著太陽落下，雅高城的清涼夜色如同一股氣息冒出大地，日復一日卻每日如新的夜色，屬於我的夜色。走吧，師保；你不明白我們現在也和其他人一樣在熱氣中腐爛嗎？

師保　啊！大爺，您讓我放下心來。這幾個月來——正確地說，自從我揭露您的身世之後——我就眼見您一天一天改變，我連覺都睡不安穩。就擔心……

奧亥斯特　擔心什麼？

師保　我說了您會發火。

奧亥斯特　不會。你說。

師保　我擔心——我們雖然很早就受到懷疑諷刺的訓練，您有的時候還是會有愚蠢的念頭——長話短說，我擔心您會不會想要趕走艾吉斯特，坐上他的位置。

奧亥斯特　（緩緩地說）趕走艾吉斯特？（停頓一會兒）你這個人啊，你可以放心，已經太遲了。我不是不想這麼做，抓住這個聖殿裡的放蕩傢伙的鬍子，把他從我父親的王位上拖下來。然而呢？我拿這些人民怎麼辦？我沒看過他們任何一個孩子誕生，沒有參加過他們女兒的婚禮，沒有分享過他們的痛苦，不知道他們任何人的名字。那個大鬍子說得有道理，一個國王應該和子民分享同樣的回憶。拋下他們，我們走吧。踮著腳尖輕聲離開。啊！你知道嗎，如果有一個行動能賦予我留在這個城邦的權利；就算是藉由一個罪行，若是我能奪得他們的記憶、他們的恐懼和他們的希望，好來填補我空虛的心，哪怕是殺掉我自己的母親……

師保　大爺！

奧亥斯特　是的，這些只是亂想。走吧。你去看看哪裡可以弄到馬匹，我們可以一路到斯巴達，我在那裡有朋友。

愛勒克特上場。

第三場

人物：師保、奧亥斯特、愛勒克特

愛勒克特　（拿著一個筐，走近朱比特雕像，沒看到另外兩個人）垃圾！你看著我，看啊！用你被覆盆子汁塗染的臉上的眼睛圓睜，你嚇不了我。是吧，那些聖女今天早上來了，那些穿黑袍的婆娘。她們踏著厚重的鞋圍繞著你走。你很開心，嗯，那些妖婆，你喜歡她們，那些老太婆；她們愈像死人你就愈喜歡。她們把最珍貴的酒灑在你腳邊，因為是你的慶典，她們裙子裡腐敗的臭味浮上你的鼻子，你的鼻孔裡還騷動著那令人喜歡的氣味。（她身體磨蹭著雕像）嗳，現在聞聞我，聞聞我清新肉體的氣味。我年輕，我活力十足，這讓你討厭死了吧。現在全城的人都在祈禱的時候，我也來祭拜你。喏，這是蔬菜皮和家裡所有燒火的灰，還有蠕動著蛆的腐敗肉塊，一塊我們的豬都不肯吃的髒麵包，你那些蒼蠅一定會喜歡。歡慶吧，去吧，歡慶吧，希望這是最後一次慶典。我不夠強壯，無法把你推倒在地。我在你身上吐口水，這是我唯一能做的。但是他會來的，我等的那個人，他會帶著長劍而來。他會插著腰，就像這樣，仰著頭笑嘻嘻地看著你。然後他抽出大刀，把你從上到下劈開，就像這樣。那時，朱比特裂為兩半倒下，半邊向左，半邊向右，所有人都看到他其實是白色木料雕的。死神朱比特是白色木料雕的。嚇人的模樣、臉上的血跡、深綠的眼珠都只是油漆，對不對？你自己知道你身體裡面是白色的，像新生嬰兒一樣白；你知道大刀一揮就能把你整齊劈開，你連血都沒得流。白色木料！上好的白色木料，燒起來可快了。（她瞥見奧亥斯特）啊！

奧亥斯特　別害怕。

愛勒克特　我不怕。一點都不怕。你是誰？

奧亥斯特　一個外來客。

愛勒克特　歡迎。所有和這個城市沒有關係的，對我來說都很寶貴。你叫什麼名字？

奧亥斯特　我叫菲列博，來自科林斯。

愛勒克特　啊？科林斯？我，我叫愛勒克特。

奧亥斯特　愛勒克特。（對師保說）留下我們獨處。

師保下場。

第四場

人物：奧亥斯特、愛勒克特

愛勒克特 你為何這樣看著我？

奧亥斯特 妳很美麗。妳不像這裡其他人。

愛勒克特 美麗？你確定我美麗嗎？和科林斯的女孩們一樣美？

奧亥斯特 是的。

愛勒克特 在這裡，人們都不告訴我。他們不要我知道。何況，美麗於我何用，我只不過是個女僕。

奧亥斯特 女僕？妳嗎？

愛勒克特 女僕裡最卑賤的一個。我得洗國王和皇后的衣服。髒兮兮沾滿穢物的衣服。所有包裹著他們腐爛身軀的內衣和襯衫，和國王共寢時克呂泰涅斯特拉穿上的襯衣；我得洗這些。我閉著眼睛死命揉搓。我也得洗碗盤。你不相信？看看我的手。上面不是布滿裂紋和龜裂嗎？你的眼光好訝異。這雙手有任何地方像是一位公主的手嗎？

奧亥斯特 可憐的手。不，這不像公主的手。繼續說。他們還要妳做什麼活？

愛勒克特 是這樣，每天早上我得清垃圾箱。我把垃圾箱拖出皇宮，然後……你看到我怎麼處理這些垃圾了。這個木頭傢伙，這個朱比特，死亡和蒼蠅的神。那一天，大祭司前來三叩五拜的時候，滿腳踏在白菜蘿蔔的殘渣裡，踏在淡菜的殼上。他都快瘋了。你說吧，你會去告發我嗎？

奧亥斯特 我不會。

愛勒克特 你要去告發就去吧，我不在乎。他們還能對我做什麼呢？打我嗎？他們早就打過我了。把我關在高塔裡嗎？這樣倒是不錯，那我就可以不再看到他們的臉了。你試想一下，晚上當我做完一天苦工之後呢，他們會犒賞我。我得靠近一個肥胖高大、染了髮色的女人。她嘴唇肥厚，雙手雪白，一雙聞起來蜂蜜香味的皇后的手。她把手放在我肩膀上，唇印在我額頭上，說：「晚安，愛勒克特。」每天晚上。每天晚上我皮膚上都感受到那個灼熱貪婪的肉體。但是我克制住，我從不倒下。她是我母親，你知道嗎。如果我在高塔裡，她就親吻不到我了。

奧亥斯特　妳從沒想過逃跑嗎？

愛勒克特　我沒那個勇氣，一個人上路，我太害怕。

奧亥斯特　妳沒有一個朋友能陪伴妳嗎？

愛勒克特　沒有，我隻身一人。我是一個疥瘡、瘟疫，這裡的人會這樣告訴你。我沒有朋友。

奧亥斯特　什麼，連個保姆，一個看著妳出生，對妳稍帶憐愛的老婆子都沒有嗎？

愛勒克特　甚至沒有。問我母親吧，我讓最溫柔的心都退卻。

奧亥斯特　妳要一輩子待在這裡？

愛勒克特　（叫喊著說）啊！不會一輩子！不，聽好了，我在等著某個東西。

奧亥斯特　某個東西還是某個人？

愛勒克特　我不告訴你。你說點什麼吧。你也很英俊。你會在這裡待很長時間嗎？

奧亥斯特　我本來今天就要走，但是現在……

愛勒克特 現在？

奧亥斯特 我不知道了。

愛勒克特 科林斯是個美麗的城市嗎？

奧亥斯特 非常美麗。

愛勒克特 你喜歡那個城市？你引以為豪？

奧亥斯特 是的。

愛勒克特 這對我來說很怪異，以自己出生的城市為豪。解釋給我聽……

奧亥斯特 嗯……我不知道。我無法向妳解釋。

愛勒克特 你**無法**？（停頓一會兒）是真的嗎，科林斯有綠樹成蔭的廣場？晚上大家在那些廣場上散步？

奧亥斯特 是真的。

愛勒克特 所有人都在戶外？所有人都散步？

奧亥斯特 所有人。

愛勒克特 男孩們和女孩們一起？

奧亥斯特　男孩們和女孩們一起。

愛勒克特　他們總是有說不完的話？他們彼此喜歡？人們可以聽到深夜裡他們一起歡笑的聲音？

奧亥斯特　是的。

愛勒克特　我看起來很蠢吧？那是因為我很難想像散步、歌唱、微笑。這裡的人被恐懼啃噬著。而我呢……

奧亥斯特　妳呢？

愛勒克特　我是被仇恨啃噬著。科林斯的年輕女孩一整天在做什麼呢？

奧亥斯特　她們打扮自己，唱唱歌或彈彈魯特琴，然後去拜訪朋友，晚上去跳舞。

愛勒克特　她們沒有任何煩惱嗎？

奧亥斯特　有一些小小煩惱。

愛勒克特　啊？聽我說，科林斯的人，他們心存悔恨嗎？

奧亥斯特　有的時候。但不常。

愛勒克特　所以他們做他們想做的，然後就不再去想了？

奧亥斯特　是這樣的。

愛勒克特　真怪。（停頓一會兒）那再告訴我，因為某人，那個我等待的人……我必須知道，假設一個晚上和女孩們一起歡笑的科林斯的男孩，在一次旅行回程中，得知他父親被殺害，他母親和謀殺者上床，他的妹妹成了奴隸，這個科林斯的男孩會不會偷偷溜走，會不會鞠個躬，往後退，回去找那些女朋友尋求安慰呢？或者他會拔出長劍，刺向謀殺者身上，直到他頭破血流？——你不回答？

奧亥斯特　我不知道。

愛勒克特　怎麼？你不知道？

克呂泰涅斯特拉的聲音　愛勒克特！

愛勒克特　噓！

奧亥斯特　怎麼了？

愛勒克特　是我母親，克呂泰涅斯特拉皇后。

第五場

人物：奧亥斯特、愛勒克特、克呂泰涅斯特拉

愛勒克特　怎麼了，菲列博？她令你害怕了嗎？

奧亥斯特　她這張臉，我千百次試著想像她的模樣，現在終於**看到**了，搽脂抹粉下鬆弛且無精打采。但是我沒想到的是這雙死沉的眼睛。

克呂泰涅斯特拉　愛勒克特，國王命令妳準備好進行儀式。穿上黑色長袍，戴上珠寶。怎麼了？妳這閃躲的眼神是什麼意思？妳雙肘併攏瘦削的腰間，整個身體彆扭……妳在我眼前老是擺出這幅樣子；但是我不會被妳這裝模作樣騙了。剛才在窗戶邊，我看到另一個愛勒特克，揮手做著大手勢，雙眼如炬……妳看著我呀？妳倒是回答我呀？

愛勒克特　你們需要一個骯髒下女去襯托慶典的光芒嗎？

克呂泰涅斯特拉　別鬧了。妳是公主，愛勒克特，子民等著妳，如同往年一樣。

愛勒克特 我真的是公主嗎？你們只有一年一度，子民等著看我們全家福這一幕、做做樣子的時候才想到我是公主？清洗碗盤、照顧豬圈的美麗公主！艾吉斯特還會像去年一樣，手臂圈著我的肩膀，貼著我的臉微笑，一邊在我耳邊說著威脅的話語嗎？

克呂泰涅斯特拉 是不是會不一樣，就看妳了。

愛勒克特 沒錯，如果我讓自己被你們的悔恨感染，如果我哀求四方神祇原諒我從未犯下的罪行。沒錯，如果我親吻艾吉斯特的手，稱他父親。噁心！他手指上還有凝乾的血。

克呂泰涅斯特拉 妳愛怎樣就怎樣吧。我早就放棄以我的名義命令妳了。我轉達國王對妳的命令。

愛勒克特 我和艾吉斯特的命令又有什麼關係呢？他是您的丈夫，您親愛的丈夫，又不是我丈夫。

克呂泰涅斯特拉 我沒什麼可跟妳說的，愛勒克特。我眼見妳營造妳自己和我們的敗亡。但是我自己在一個早上就毀了我一生，又何能規勸妳呢？妳恨我，我的孩子，但是更令我擔憂的，是妳跟我很相像，我也曾有這削尖的臉龐，這不安於現狀的血液，這陰險的眼睛——這一切都不會有好下場。

愛勒克特　我不要像您！你說，菲列博，你看到我們兩個，兩人站在一起，這不是真的，我不像她吧？

奧亥斯特　該怎麼說呢？她的臉像一片遭受雷擊和冰雹肆虐的田地。在妳的臉上卻有暴風雨來前的預報，有一天激烈的情感將把這張臉燃燒殆盡。

愛勒克特　暴風雨的預報？好吧。這種相像我可以接受。多麼希望你說的是真的。

克呂泰涅斯特拉　那你呢？你這樣盯著人看，你又是誰呢？現在輪到我好好端詳你。你來這裡做什麼？

愛勒克特　（很快地）他是名叫菲列博的科林斯人。他旅行到這裡。

克呂泰涅斯特拉　菲列博？啊！

愛勒克特　您似乎擔心他叫另一個名字？

克呂泰涅斯特拉　擔心？如果我在失去一切時獲得一點心得，那就是現在我什麼都不會擔心了。靠近點，陌生人，歡迎。你好年輕啊。你幾歲？

奧亥斯特 十八歲。

克呂泰涅斯特拉 你父母還在世嗎？

奧亥斯特 我父親已過世。

克呂泰涅斯特拉 那你母親呢？她的年紀應該和我差不多？怎麼不說話？那是因為她看起來一定比我年輕，她還能和你一起歡笑歌唱。你愛她嗎？你倒是回答啊？你為何離開了她？

奧亥斯特 是因為我要加入斯巴達軍隊，充當傭兵。

克呂泰涅斯特拉 過往旅人通常都繞道數十公里，避免經過我們這個城。沒有人預先告訴你嗎？平原上的人們都孤立我們，他們把我們的懺悔視作瘟疫，深怕被傳染。

奧亥斯特 這我知道。

克呂泰涅斯特拉 他們告訴你十五年前一個無法補贖的罪行壓在我們身上？

奧亥斯特 他們告訴我了。

克呂泰涅斯特拉 還說克呂泰涅斯特拉皇后是罪孽最深的？她的名字被所有人唾棄？

奧亥斯特　他們跟我說了。

克呂泰涅斯特拉　但是你還是來了？陌生人，我就是克呂泰涅斯特拉皇后。

愛勒克特　別心軟，菲列博，皇后耍弄著我們國度的伎倆，公然懺悔的伎倆。在這裡，所有人都當著所有人的面大聲喊出自己的罪惡；在慶典之日，不難見到商人們關下店鋪鐵門後，膝蓋跪著沿街爬行，手握塵土抓著頭髮，大聲呼喊著他是個殺人犯、通姦者、或是瀆職者。但是雅高城的子民開始厭煩了，每個人都對其他人的罪行瞭若指掌了；尤其皇后所犯的罪行大家根本不想聽了，她犯的是官定的罪行，可以說是最根本的犯罪。你想想看，她看到你多麼欣喜若狂，那麼年輕，那麼新鮮，連她的名字都尚未聽聞。多麼難得的機會！就像是她第一次懺悔一樣。

克呂泰涅斯特拉　住嘴。誰都能吐我口水，罵我是罪人和妓女。但是沒有人有權利評斷我的悔恨。

愛勒克特　你瞧，菲列博，這就是遊戲規則。大家會哀求你譴責他們，但是當心只能評斷他們自己承認的錯誤。至於其他的事與你無關，你若揭露，他們會惱羞成怒。

克呂泰涅斯特拉 十五年前，我曾是希臘最美麗的女人。看看我的臉，就能判定我所受的苦難。我赤裸裸地對你說！我悔恨的不是那個老山羊死了！當我看到他滿身是血倒在浴缸裡，我開心地唱起歌跳起舞。直到十五年後的今天，每次想起那一幕都歡喜得渾身打顫。但是我曾有一個兒子——若是活著，他和你一樣年紀。當艾吉斯特把他交給傭兵時，我……

愛勒克特 您似乎也有一個女兒，我的母親。您把她當作洗碗女傭。犯這個錯您好像並不在意。

克呂泰涅斯特拉 妳還年輕，愛勒克特。要譴責一個年輕、還沒時間犯下錯誤的人很容易。但是別心急，有一天，妳也會在身後拖著一個無法彌補的罪行。每走一步，妳以為和罪行拉開一點距離，然而它永遠如此沉重地拖著妳。妳回過頭看，它就在妳身後，觸摸不到，黝黑又純粹，像一顆黑水晶。妳不懂怎麼會這樣，甚至會說：「不是我，不是**我**做的。」然而，它就在那兒，否認一百次它還在那兒，把妳往後拉。於是妳知道，妳的一生其實是擲一把骰子，一翻兩瞪眼，妳再也沒有選擇，只能拖著妳的罪孽直到死。不管正義或不正義，這就是懺悔的法則。我們就看看妳那年輕的傲氣會變成怎樣。

愛勒克特 我**年輕的**傲氣？夠了，您後悔的與其是您的罪行，應該是您自己的年輕歲月；您痛恨的與其是我的無辜，更是我的年輕。

克呂泰涅斯特拉 我痛恨妳身上的，愛勒克特，是我自己。我恨的不是妳的年輕——喔不是！——而是我自己的年輕歲月。

愛勒克特 但我呢，是**您**，我痛恨的就是**您**。

克呂泰涅斯特拉 可恥！我們就好像兩個同年紀的情敵，為了爭奪愛情彼此互罵。然而我是妳的母親。我不知道你是誰，年輕人，也不知道你來這裡要做什麼，但是你的到來不是好事。愛勒克特恨我，這我知道。但十五年來我們都保持沉默，只由眼神洩露出來。結果你來了，你和我們說了話，好啦，我們現在像兩隻母狗一樣亮出牙齒低聲吠叫。按照本城的法規，我們必須好好接待你，但我不諱言，我希望你離開。至於妳呢，我的孩子，我

愛勒克特

太過忠實的影像，我不愛妳，這是真的。但是我寧可砍斷自己的右手，也不想傷害妳。妳很清楚這一點，所以利用我這個弱點。不過我勸妳不要頂著惡毒的小腦袋違抗艾吉斯特，他只要一棍就能打斷毒蛇的腰。相信我，按照他所說的去做，否則他會把妳煮了吃。

您可以轉告國王，我不會在慶典上出現。菲列博，你知道他們要做什麼嗎？在本城高處，有一個洞穴，本城年輕人從沒找到它的盡頭；大家都說洞穴直通地獄，大祭司用一塊大石頭把它堵住。你相信嗎？每年紀念日，人民聚集在洞穴前，士兵們把堵住入口的大石頭推到一旁，據說亡靈會從地獄上來，在城裡飄蕩。大家在飯桌上擺上他們的刀叉，為他們準備椅子和床，守靈夜大家擠一擠為他們空下位置，他們在整個城裡四處流竄。所有都為了他們。你想像一下生者的哀號：「我的小亡靈啊，我的小亡靈，我並不想觸犯你，原諒我吧。」明天清早，公雞一鳴，他們回到地下，大石頭推回洞穴入口，這就完事了，直到明年的紀念日。我不要參加這些鬧劇。那些是他們的亡靈，不是我的。

克呂泰涅斯特拉　妳如果不自願服從，國王已下令要強迫把妳拖去。

愛勒克特　強迫？……哈！哈！強迫？好吧，我的好母親，麻煩您讓國王放心我的順從。我會出現在慶典上，因為我的出現不會讓人民失望的。你呢，菲列博，我請求你延後行程，參加我們的慶典。或許你會有機會哈哈大笑。待會兒見，我要去準備出場了。

她下場。

克呂泰涅斯特拉　（對奧亥斯特說）你走吧。我確信你會給我們帶來厄運。你不能怨我們，我們什麼也沒對你做。走吧。我以你母親之名這樣哀求你，走吧。

她下場。

奧亥斯特　以我母親之名……

朱比特上場。

第六場

人物：奧亥斯特、朱比特

朱比特 您的僕人告訴我您要離開了。他跑遍整城都找不到馬匹。但是我可以低價幫你們弄到兩匹上鞍轡的母馬。

奧亥斯特 我不走了。

朱比特 （緩緩地說）您不走了？（停頓一會兒。激動地說）那我就要緊緊跟著您，您是我的客人。城下方有鑾多不錯的旅店，我們一起去投宿。您不會後悔選擇我當友伴。首先——阿巴沙，喀拉，喀拉，切，切——我幫您驅走蒼蠅。而且，像我這樣年紀的人，有時能出些好主意。我的年紀可以當您父親，您把您的故事說給我聽吧。來吧，年輕人，憑著感覺走，像這樣的偶遇有時是比想像中還有益的。舉鐵拉馬庫斯為例子，您知道，就是奧德修斯國王的兒子。某一天他遇見了名叫曼托爾的老先生，和他命運相連，跟隨著他四處遊走[4]。你知道這位曼托爾是誰嗎？

他邊說邊拉著他走，落幕。

落幕

4 出自古希臘詩人荷馬的史詩《奧德賽》，敘述奧德修斯經過十年艱辛旅途，回返故國的故事。鐵拉馬庫斯是奧德修斯的兒子，遇見曼托爾，受曼托爾悉心培養與教育。

第二幕

第一布景

山上的一片高原。右邊是洞穴。入口被一塊黑色大石頭擋住。左邊，幾級階梯通往一座神廟。

第一場

人物：人群，之後是朱比特、奧亥斯特、師保

一個婦女（跪在她小兒子面前）你的領帶。我都幫你打了三次結了。（她用手擦擦領帶）好了，你現在體體面面。要乖，一聲令下就和大家一起哭。

孩子　他們會從那邊來嗎？

婦女　對。

孩子　我害怕。

婦女　必須害怕，我親愛的。大大害怕。這樣你才會變成一個正直的人。

一個男人　他們今天會有好天氣。

另一人　幸好！只希望他們對陽光的溫熱還有感覺。去年是下雨，他們……很恐怖。

第一個人　很恐怖。

第二個人　唉！

第三個人　當他們回去洞裡，留下我們，我會攀上這裡，看著這塊大石頭，跟我自己說：「現在又可以安靜一年。」

第四個人　是嗎？唉，這可沒安慰到我。從明天開始，我又會開始對自己說：「明年他們會怎麼樣呢？」他們一年比一年凶狠。

第二個人　閉嘴，烏鴉嘴。如果他們其中一個已經從岩石隙縫中鑽出，在我們四周徘徊……有的亡靈會在約定時間之前出來。

他們擔憂地互望。

一個年輕婦女　要是至少現在馬上開始就好了。宮殿裡那些人在幹什麼？他們不急。我呢，我覺得這種等待是最難受的，我們待在這裡，在炙熱的天空下踱著腳，眼睛盯著這塊黑色石頭……哈！他們在那裡，在石頭後方；他們跟我們一樣等待著，滿心歡喜想著他們將對我們造成的痛苦。

一個老女人　夠了，臭婆娘！大家都知道她這傢伙在怕什麼。她男人今年春季死了，她給他戴了十年的綠帽。

年輕婦女　是沒錯，我承認，我一有機會就不忠，但是我愛他，讓他日子過得舒舒服服；他從來沒疑心過我，斷氣時對我投來忠狗一般感激的溫柔眼神。他現在全知道了，他們毀了他的幸福，他恨我，他受苦。待一會兒他會依偎著我，煙霧的身體抱著我的身體，比任何一個活人抱得更緊。啊！我會帶他回家，像一件毛裘一樣摟著他的脖子。我幫他準備了美味的家常菜，白麵粉烤的蛋糕，他生前喜歡的點心。但是沒有什麼能減輕他的怨恨；而今

一個男人 夜……今夜他將在我床上。

她說得有理，沒錯，艾吉斯特在幹嘛？他在想些什麼？我再也受不了這種等待了。

另一個人 你有什麼好抱怨！你以為艾吉斯特不比我們更害怕嗎？你說說，你想處在他的地位，和阿加曼農單獨相處二十四個小時嗎？

年輕婦女 恐怖啊，恐怖的等待。我感覺你們，你們所有人都已經慢慢遠離我。石頭還沒掀開，每個人都已經成為亡靈的獵物，如同一滴滴雨滴如此孤單。

朱比特、奧亥斯特、師保上場。

朱比特 往這兒來，我們會比較舒服。

奧亥斯特 因此他們都在這裡，雅高城的市民，阿加曼農國王非常忠實的子民們？

師保 他們多醜陋啊！我的主子，您看看他們蠟黃的臉色，他們凹陷的眼睛。這些人正因恐懼而死。這就是迷信的結果。倘若我的超凡哲學需要再一次證明，那就

朱比特　看看他們，看看他們，再看看我這如花的臉色。如花的臉色又有何重要。在朱比特眼裡，你這傢伙啊，在你臉上貼幾朵虞美人花，你還是一陀大便，和他們所有人一樣。算了吧，你臭氣薰天，自己還不知道。但是他們呢，他們的鼻孔裡充滿了自己的氣味，他們比你有自知之明。

群眾鼓譟。

一個男人　（踏上幾節神殿前的臺階，對著群眾說）他們是要讓我們發瘋嗎？同志們，集合我們的聲音呼喚艾吉斯特，我們無法忍受他再拖延儀式了。

群眾　艾吉斯特！艾吉斯特！憐憫我們吧！

一名婦女　對啊！憐憫我們！憐憫我們！卻沒有人來憐憫我！他會喉頭割破地來，那個我如此怨恨的男人，用他那無形而黏膩的雙臂緊緊抱著我，他整夜會是我的情夫，一整夜。哈！

她昏倒在地。

奧亥斯特 多麼瘋狂！必須告訴這些人……

朱比特 嘿，怎麼啦，年輕人，一個女人昏倒有那麼大不了嗎？您會看到很多這樣的場面的。

一個男人 （跪下地）我臭！我臭！我是一個汙穢不堪卑劣的人。你們看，蒼蠅就像烏鴉一樣停在我身上！叮啊，挖啊，鑿啊，復仇的蒼蠅們，鑽進我的肉體直到我骯髒的心裡。我犯了罪，我犯了千萬次罪，我是個人渣，我是個糞坑……

朱比特 好傢伙！

眾男人 （拉他起來）好了，好了。你待會兒，等他們來再說這些。

那個男人一臉茫然；轉著眼睛喘著氣。

群眾 艾吉斯特！艾吉斯特。憐憫我們，命令儀式開始吧。我們受不了了。

艾吉斯特出現在神殿臺階上。

他身後跟著克呂泰涅斯特拉和大祭司。還有衛士們。

第二場

人物：上一場的人物、艾吉斯特、克呂泰涅斯特拉、大祭司、衛士們

艾吉斯特 狗傢伙！你們還敢抱怨？你們忘記你們的卑鄙下流嗎？以朱比特之名，我來喚醒一下你們的記憶。（他轉頭對著克呂泰涅斯特拉）就算她沒來，我們也得開始。但是她皮要繃緊。我將會做下儆戒式的懲罰。

克呂泰涅斯特拉 她答應我會順從。我很確定她正在準備；她一定是在鏡子前拖了點時間。

艾吉斯特 （對衛士們說）去宮殿找愛勒克特，不管她願不願意都把她帶過來。（衛

士們出去。他對群眾說）大家就位，男的在我右手邊，女的和孩童在我左手邊。這樣很好。

一陣沉默。艾吉斯特等待著。

大祭司　這些人受不了了。

艾吉斯特　我知道。要是衛士們……

衛士們回來。

一名衛士　國王，我們到處尋找公主。但是宮殿裡都沒有人。

艾吉斯特　很好。我們明天再算帳。（對大祭司說）開始。

大祭司　搬開石頭。

群眾　啊！

衛士們推開石頭。大祭司走到洞穴入口前。

大祭司 你們這些被遺忘的、被拋棄的、幻想破滅的，你們像火山氣體一樣殘存在地底下、黑暗中，除了滿心怨恨之外已一無所有，你們這些亡靈，起來吧，今天是你們的慶典！來吧，升到土地上，像被風吹散的一股巨大硫磺煙霧；從世界的肚腸裡升上來，喔亡魂，死去百次的亡魂，我們每一次心跳就是讓你們又死了一次，我以憤怒、苦澀、復仇之名召喚你們，起來用你們的怨恨報復活著的人們！來吧，像濃煙一樣蔓延在我們的街道上，成群結夥擠進母親和孩子之間、情郎情婦之間，讓我們後悔自己沒死。起來吧，吸血鬼、蟲蛆、幽靈、怪物、我們夜裡的鬼魅。起來吧，滿嘴詛咒的戰死士兵，起來吧，倒楣鬼、受辱者，起來吧，垂死之際嗚咽像魔咒一般的餓死鬼。你們看，活著的人在這裡，肥滋滋的獵物生者在這裡！起來吧，像旋風一樣撲向他們，把他們啃到骨頭裡！起來！起來！起來！……

鼓聲響。他在洞穴口跳起舞，剛開始緩緩地跳，之後愈來愈快，最後疲累地倒在地上。

艾吉斯特　他們來了！

群眾　恐怖！

奧亥斯特　實在受不了了，我要……

朱比特　看著我，年輕人，看著我的臉，這裡！這裡！你明白了。現在保持沉默。

奧亥斯特　您是何許人？

朱比特　你之後就會知道。

艾吉斯特緩緩走下宮殿臺階。

艾吉斯特　他們來了。（沉默一陣）他在那兒，阿麗希，妳曾經嘲謔訕笑的丈夫。他就在那兒，依偎著妳，他抱著妳。他把妳抱得好緊啊，他多愛妳啊，他多恨妳啊！她在那兒，妮西亞，她在那兒，妳那因疏於照料而死的母親。還有你，賽傑斯特，放高利貸的卑鄙小人，他們都來了，所有你的不幸的債務人，那些死於貧困、那些被你毀掉只好上吊的人。他們都在這兒，今天，他們是你的債權人。還有你們，家長們，溫柔的父母們，眼睛往下看，看低一點，朝著地面，他們在那兒，死去的孩子們，他們伸直小手，所有你們拒絕給他們的快樂，所有你們加在他們身上的折磨，就像鉛塊一樣壓在他們懷恨且傷痛的小小靈魂上。

群眾　憐憫我們吧！

艾吉斯特　啊，是啊！憐憫！你們不知道亡者從不會憐憫嗎？他們的悲痛是無法抹滅的，因為他們的恩怨已經永遠停頓了。妮西亞，妳想用善行來抹去妳在母親身上施加的惡嗎？但是什麼善行能夠觸及到她呢？她的靈魂是個炙熱的午後，一絲風都沒有，一切紋風不動，沒有任何改變，沒有任何生命跡象，只是一顆乾巴巴的太陽，一顆令她永恆消亡的靜止的太陽。亡者已經不存在了——你們懂得「無法改變」這個字嗎？——他們已經不存在，就因為這樣，他們鐵面無私地保存了你們所有的罪行。

群眾　憐憫我們吧！

艾吉斯特 憐憫？啊！蹩腳的演員，你們今天有觀眾啦。你們感受到壓在臉上、手上幾百萬隻眼睛，凝視不動而絕望的眼光嗎？他們看著我們，他們看著我們，我們在群聚的亡者前無所遁形。哈！哈！現在你們侷促不安，這隱形而純粹的眼光令你們坐立難安，它比記憶中的眼光更持久。

群眾 憐憫我們！

男人們 原諒我們活著，而你們卻死了。

女人們 憐憫我們。圍繞著我們的是你們的臉孔、曾經屬於你們的物品，我們永遠為你們服喪，我們會從天亮哭泣到天黑，從天黑哭泣到天亮。我們不管如何做，對你們的回憶鬆脫斷落，從我們手指間流散；每一天回憶愈來愈蒼白，那我們的罪惡就愈來愈重。你們離我們而去了，你們離我們而去了，你們像我們身體的血一樣往外流。然而，若是能安慰你們氣憤的魂魄，請知道，喔，我們親愛的逝者，你們已經毀了我們的生命。

男人們 原諒我們活著，而你們卻死了。

孩子們 憐憫我們！我們不是故意出生的，而且很羞恥能夠長大。我們怎麼會觸犯到你們呢？你們看看，我們幾乎不算活著，我們瘦骨如柴，面色蒼白，又矮又小；我們不聲不響，走動時甚至不會攪動周遭空氣。而且我們懼怕你們。喔！好懼怕！

男人們 原諒我們活著，而你們卻死了。

艾吉斯特 安靜！安靜！如果你們都哭喊成這樣，那我這個國王該說什麼呢？我的折磨開始了，地動搖了，空氣黑暗下來了；最大的亡者要出現了，我親手殺死的阿加曼農。

奧亥斯特 （抽出長劍）流氓！我不允許你把我父親的名字和你這些裝腔作勢的滑稽攪在一起。

朱比特 （攔腰抱住他）慢著，年輕人，別躁動！

艾吉斯特 （轉過身來）哪個大膽狂徒？（愛勒克特穿著白袍出現在神殿臺階上。艾吉斯特看見了她）愛勒克特！

群眾 愛勒克特！

第三場

人物：上一場的人物、愛勒克特

艾吉斯特　愛勒克特，回答我，這身衣服是什麼意思？

愛勒克特　我穿上我最美麗的一件袍子。今天不是慶典日嗎？

大祭司　你是來嘲弄亡者嗎？這是他們的慶典，妳深知這一點，所以妳應該穿喪服來。

愛勒克特　喪服？為什麼穿喪服？我並不害怕我的亡者，而你們的亡者跟我毫無關係！

艾吉斯特　妳說得沒錯；妳的亡者不是我們的亡者。大家看看她，穿著一襲妓女的袍子，阿特柔斯的孫女，那個卑鄙地殺掉自己姪子們的阿特柔斯。妳是什麼東西呢，不過就是一個被詛咒的家族的最後一個子嗣！我可憐妳，收容在我的皇宮裡，但今天我知道我做錯了，因為妳身體裡流淌的依舊是阿特柔斯家族老朽的腐敗血液，如果不是我撥亂導正，妳早就汙染毒化了我們所有人。稍微有點耐心，母狗，妳會看到我如何處罰，叫妳哭都哭不出來。

群眾　褻瀆者！

艾吉斯特　妳聽到了嗎，不祥之物，妳所冒犯的群眾發出怒吼，妳聽到他們怎麼稱呼妳了嗎？若非我在此壓制他們的怒火，他們早就原地把妳撕成碎片。

群眾　褻瀆者！

愛勒克特　開心愉快就是褻瀆嗎？他們，他們為什麼不開心呢？誰攔著他們呢？

艾吉斯特　她死去的父親在這兒，臉上乾著血跡，她竟然在笑……

愛勒克特　您怎敢提及阿加曼農？您怎麼知道他沒在夜裡前來在我耳邊說話？您知道他粗啞破碎的語音輕聲對我說了什麼慈愛的話嗎？沒錯，我在笑，生平第一次，我笑，我很幸福。您以為我的快樂不會溫暖我父親的心嗎？啊！他如果在這裡，他如果看到他的女兒穿著白袍，他那被您貶低到最卑微的奴隸地位的女兒，抬著頭挺著胸，不幸並沒有挫折她的傲氣，我相信他決不會詛咒我；他受難的臉上目光炯炯，血跡斑斑的嘴唇試著微笑。

年輕女人 如果她說的是真的呢？

眾聲 才不是，她說謊，她瘋了。愛勒克特，求求妳快走吧，妳的褻瀆會讓我們遭到懲罰。

愛勒克特 你們到底在怕什麼呢？我看你們四周，只看到你們的影子啊。聽聽我剛才才得知，而你們或許不知道的事，在希臘有一些幸福的城市。一些刷著白牆安寧的城市，像蜥蜴一樣在陽光下取暖。就在此時此刻，在同一片天空下，孩子們在科林斯城的廣場上玩耍。他們的母親完全不因為把他們生下而請求原諒。她們微笑著看著他們，她們以他們為榮。喔雅高城的母親們，妳們懂嗎？你們還懂得一個女人看著自己的孩子，心想「是我把他奶大的」的驕傲嗎？

艾吉斯特 妳到底閉不閉嘴，要不然我會把話塞回妳喉嚨裡。

群眾發出幾聲 是啊，是啊！她快閉嘴。夠了，夠了！

其他一些聲音　不，讓她說！讓她說。是阿加曼農給她的靈感。

愛勒克特　天氣晴朗。這平原上到處有人抬起頭，說道：「天氣真好」，他們很開心。喔你們是自己的劊子手，你們已經忘記農夫踏在自己的土地上，說「天氣真好」這種卑微的快樂嗎？你們垂著雙臂，低著頭，連呼吸都快沒了。你們的亡靈緊貼著你們，你們一動都不敢動，深怕最輕微的動作會衝撞到他們。那就慘了，不是嗎？如果你們的手突然穿越過一小股濕潤的氣息，那是你們父親或祖先的靈魂呢？——但是看著我，我伸開雙臂，我伸展，我像個甦醒的人一樣，我在太陽下占據我的位置，我全部的位置。所以天塌在我頭上了嗎？我跳舞，你們看，我跳舞，但我感受到的只是風穿過我的髮際。亡者在哪兒呢？你們認為他們和我一樣按著節拍跳著舞嗎？

大祭司　雅高城的居民們，我告訴你們這個女人是個褻瀆者。災難會降臨在她、以及傾聽她的話的人身上。

愛勒克特　喔我親愛的亡者，我的姊姊伊菲吉妮亞，我的父親和唯一的國王阿加曼農，你們傾聽我的祈禱。如果我褻瀆，如果我冒犯了痛苦的亡靈，做個訊號，趕緊對我做個訊號，好讓我知道。如果你們贊成我，我親愛的人，那就不要發聲，我請求你們，一片樹葉、一顆小草都不會搖動，沒有任何聲音會來騷擾我神聖的舞蹈。因為我為歡樂而舞，為人們和平而舞，為幸福為生命而舞。喔我的亡靈們，我要求你們靜默，好讓周圍的人們能知道你們的心是和我在一起的。

她跳舞。

群眾中一個聲音 她在跳舞！你們看她，輕盈如一縷火焰，她在陽光下跳舞，就像一面旗幟嗤嗤作響——而亡靈們並未作聲！

年輕女人 看看她癡醉的樣子——不，這不是一張褻瀆的臉。那麼，艾吉斯特，艾吉斯特！你一言不發——你為什麼不回答？

艾吉斯特 我們幹嘛和惡臭的禽獸討論？消滅牠們就對了！我上次饒過她是做錯

了；但這個錯誤可以彌補，不必懷疑，我會把她在地上捻死，他們家族將隨著她整個滅亡。

群眾 威脅不是一個回答，艾吉斯特！你沒有其他的話對我們說嗎？

年輕女人 她在跳舞，她在微笑，她很快樂，亡靈似乎保護著她。啊！太令人羨慕的愛勒克特！看我，我也是，我張開雙臂，把胸口迎向陽光！

群眾中一個聲音 亡靈們都未作聲。艾吉斯特，你欺騙了我們！

奧亥斯特 親愛的愛勒克特！

朱比特 可惡，我要堵住這丫頭的嘴。（他伸開雙臂）波西洞、卡西布、卡西崩、呂拉比。

堵住洞穴孔的大石乒乒乓乓地滾下神殿臺階。愛勒克特停止跳舞。

群眾 駭人啊！

一陣長長沉默。

大祭司 喔懦弱且不知輕重的人民，亡靈復仇了！看看這些一大群蒼蠅旋風一樣撲襲我們！你們聽了褻瀆的話，我們被詛咒了！

群眾 我們什麼都沒做，不是我們的錯，她來了，用毒害的話語吸引我們！丟到河裡，女巫，丟到河裡！燒死她！

一個老女人 （指著年輕女人說）還有她，那個，她像喝蜜一樣把那些話一股腦吞下，把她的衣服扒光，讓她赤身露體，鞭她直到出血。

眾人抓住年輕女人，幾個男人爬上臺階衝向愛勒克特。

艾吉斯特 安靜，畜生。守秩序回到原來位置，懲罰的事由我來。（一陣沉默）知道了嗎？你們看到不聽命於我是什麼後果了嗎？現在還懷疑你們的主子嗎？返回家裡，亡靈會跟著你們，他們今日一整天一整夜將是你們的客人。在餐桌上、家裡、床上留下他們的位置，致力讓你們良好的舉止使他們忘記剛才的鬧劇。至於我，雖然你們的懷疑刺傷了我，我原諒你們。但是妳，愛勒克特……

愛勒克特 怎麼了嗎？我行動失敗了。下一次我會做得更好。

艾吉斯特 我不會給妳這個機會了。本城邦的法律禁止我在慶典這一天施行處罰，妳知道並利用這一點。但是妳已不屬於本城邦，我驅逐妳。妳將光著腳兩手空空地離開，只剩下身上穿的這件下流的袍子。若妳明日天明還出現在城邦裡，我會下令只要是誰看見妳，就把妳像個敗類打死。

他下場，守衛們跟隨在後。群眾從愛勒克特面前魚貫走過，對著她舞動拳頭。

朱比特 （對奧亥斯特說）看到了吧，我的老爺？您受到感召了嗎？眼前這是道德的一課，若我沒理解錯誤的話，壞人被懲罰，好人受到獎賞。（他指著愛勒克特）這個女人……

奧亥斯特 這個女人是我的妹妹，先生！走開，我要和她談談。

朱比特　（凝視他一刻，然後聳聳肩）隨你。

朱比特下場，隨後是師保。

〔第四場〕

人物：站在神殿臺階上的愛勒克特、奧亥斯特

奧亥斯特　愛勒克特！

愛勒克特　（抬起頭看著他）啊！菲列博，是你？

奧亥斯特　你不能再待在這個城裡，愛勒克特。妳身陷危險。

愛勒克特　身陷危險？啊！的確！你看到我行動失敗了。你知道，這也有點是你的錯，但我不怪你。

奧亥斯特　我做了什麼呢？

愛勒克特　你騙了我。（她朝他走下）讓我看看你的臉。是啊，我被你的眼睛吸引住了。

奧亥斯特　時間緊迫，愛勒克特。聽著，我們一起逃走。有人會幫我弄到馬匹，我騎馬載妳走。

愛勒克特　不。

奧亥斯特　妳不要和我一起逃？

愛勒克特　我不要逃。

奧亥斯特　我帶妳去科林斯。

愛勒克特　（笑著說）哈！科林斯……你看，你雖然不是故意，但又在騙我。我去科林斯要做什麼呢？我得保持理智。一直到昨日以前，我的欲望是那麼卑微。當我垂著眼睛伺候用餐時，睫毛縫中看著國王皇后，那遲暮的美人一張死人的臉，他呢，癡肥蒼白，鬆弛的嘴巴，從右耳爬到左耳像一堆蜘蛛的黑色大鬍子，我夢想有一天看到一縷煙，像寒冷清晨的一口哈氣一樣的一小縷煙，直直地從他們綻開的肚子冒出。我發誓這就是我所希望的，菲列博。我不知道你要的是什麼，但是我不能相信你，你沒有卑微的眼神。在認識你之前，你知道我是怎麼想的嗎？我想有理性的人在這世上所能寄望的，就僅是有一天能為自己所受的苦復仇。

奧亥斯特　愛勒克特，妳若跟隨我走，妳會知道作為一個理智的人，還是能寄望許多其他的事。

愛勒克特　我不想再聽你所言；你對我造成了很多傷害。你來了，女孩般溫柔的臉上帶著一雙飢渴的眼睛，你讓我忘記了我的仇恨；我張開雙手，讓我唯一的珍寶滑落腳邊。我以為自己能夠以話語治癒本城的人們。你看到發生經過了，他們喜歡他們的苦難，他們需要一個熟悉的傷口，用骯髒的手指摳著、悉心維護著。要治癒他們需要的是暴力，因為只有暴能治暴。再會了，菲列博，你走吧，留下我在我的噩夢裡。

奧亥斯特　他們會殺了妳。

愛勒克特　這城裡有個聖殿，阿波羅神殿；有時罪犯會躲到那裡，只要他們不出來，沒有人能動他們一根寒毛。我會躲到那裡去。

奧亥斯特 妳為何拒絕我的幫助？

愛勒克特 不該由你來幫助我。有某個人會前來解救我。（停頓一會兒）我的哥哥沒有死，這我知道。我等著他來。

奧亥斯特 如果他不來呢？

愛勒克特 他會來的，他不可能不來。他是我們這個家族的人，你懂嗎？他的血液裡流著罪惡與不幸，跟我一樣。他是個勇猛的戰士，擁有我父親一樣的血紅雙眼，永遠醞釀著怒氣，他受著苦，糾纏著他的命運，就像被切開肚子的馬匹把馬蹄糾纏到內臟裡；而現在，不管他做什麼動作，都必須掏腸挖肚。他會來的，這個城市吸引著他，我很確定，因為就是在這個城裡，他可以造成最大的禍亂，他可以對自己造成最大的痛。他會來的，垂著頭，受著苦跺著腳。他令我害怕，每夜我都在夢裡看到他，令我大叫著驚醒。但是我等著他，我愛他。我必須待在這裡引導他的怒火——因為我有見識——為他指出罪人，對他說：「殺他們，奧亥斯特，殺他們，他們就在這兒！」

奧亥斯特 如果他不是如妳想像的呢？

愛勒克特 他可是阿加曼農和克呂泰涅斯特拉的兒子，還能是怎樣呢？

奧亥斯特 如果他在一個幸福的城市裡長大，已經厭倦了自己的血緣呢？

愛勒克特 那我會在他臉上吐口水，跟他說：「滾，野狗，去溫柔鄉裡，因為你只不過是個娘們。但是你打錯算盤了；你是阿特柔斯的孫子，逃不掉阿特柔斯家族的命運。你寧可恥辱也不願犯罪，隨便你。但是命運會找你直找到你床上，你會先遭受恥辱，之後也會犯下罪行，不管你願不願意！」

奧亥斯特 愛勒克特，我是奧亥斯特。

愛勒克特 （驚叫一聲）你說謊！

奧亥斯特 我以我父親阿加曼農的靈魂發誓，我是奧亥斯特。（一陣沉默）所以呢？妳在等什麼，還不在我臉上吐口水？

愛勒克特 我怎麼能呢？（她凝視他）這漂亮的額頭是我哥哥的額頭。這發亮的雙眼是我哥哥的眼睛，奧亥斯特……啊！我寧願你還是菲列博，而我的哥哥死了。（靦腆地）你真的住在科林斯嗎？

奧亥斯特 不是。是雅典的仕紳們把我養大的。

愛勒克特 你模樣多麼年輕啊。你從來沒被打敗嗎？你身上配的長劍從來沒用過嗎？

奧亥斯特 從來沒有。

愛勒克特 還不認識你時，我還沒感覺這麼孤單，我等待那個人。我只想著他的力量，從未想到我的脆弱。現在你來了；奧亥斯特，是你。我看著你，我看到我們是兩個孤兒。（停頓一會兒）但是我愛你，你知道嗎？比我之前愛那個奧亥斯特還要多。

奧亥斯特 來，如果妳愛我，我們一起逃跑。

愛勒克特 逃跑？和你？不。阿特柔斯家族的命運就是在這裡。我不要求你任何東西。我也不能再要求菲列博任何東西。但是我要留在這裡。

朱比特出現在舞臺後方，躲起來聽他們對話。

奧亥斯特 愛勒克特，我是奧亥斯特……妳的哥哥。我也是阿特柔斯家族的一員，妳的位置是在我身邊。

愛勒克特　不，你不是我哥哥，我不認識你。奧亥斯特死了，這樣對他也比較好；從今爾後，我將和我父親和我姊姊的靈魂一起懷念他的靈魂。但是你，你聲稱是阿特柔斯家族一員，你何能自稱是我們家族的人呢？你的一生可曾在罪行的陰影下度過？你應該是個生活平靜的孩子，帶著溫和省思的神情，以收養你的父親為傲，一個乾乾淨淨的孩子，眼神閃閃散發自信。你對人們有信心，因為他們在餐桌上、在床邊、在臺階上都對你露出大大微笑，因為他們是人們的忠實奴僕；在生活中，因為你富有，擁有好多玩具；有時候你會想，這世界也還不錯，生活在其間就像泡在一個溫熱的澡盆裡，讓自己沉浸其中，舒服地嘆一口氣。而我呢，六歲開始就當女僕，我對一切都存著戒心。（停頓一會兒）你走吧，美麗的靈魂。我和美麗的靈魂沒什麼好說的，我要的是個同謀。

奧亥斯特　妳覺得我會拋下妳嗎？妳已經失去最後的希望，留在這裡能做什麼呢？

愛勒克特　這是我的事。再會了，菲列博。

奧亥斯特　妳趕我走？（他走了幾步，然後停下）我不像妳等待的那個粗暴壯丁，是我的錯嗎？妳本會抓著他的手，妳會跟他說：「殺吧！」但是妳沒有要求我任何事。老天爺，我自己的妹妹在還沒考驗我之前就先否定我，我何以為人呢？

愛勒克特 啊！菲列博，我絕不可能在你毫無仇恨的心加上這麼沉重的負擔。

奧亥斯特 （不知所措地）妳說得好，毫無仇恨。但也毫無愛。對妳，我本可以愛妳。**我本可以**……但是呢？要愛、要恨，必須付出自己。生來富有的人，安安穩穩坐擁恆產，有一天突然投身去愛去恨，付出他的土地、房屋、家私，這樣很好啊。而我是誰，我能付出什麼呢？我連存在都算勉強。今日纏繞在這城裡的所有幽魂，沒有一個比我還更像幽魂呢。我深知幽魂的愛，猶如蒸氣般遲疑且分散，但是我完全不識活人那種強烈的濃烈情感。（停頓一會兒）恥辱！我回到自己故鄉，但我的妹妹拒絕認我。現在我能往哪兒去呢？能去哪個城邦盤桓呢？

愛勒克特 沒有一個城邦裡，有個姣好臉龐的姑娘等著你嗎？

奧亥斯特 沒有任何人等我。我從一個城市到另一個城市，之於別人、之於我自己，都是個陌生人，而那些城市在我途經之後像平靜的水收攏起來。若我離開雅高城，除了妳的心苦澀地幻想破滅之外，我的途經會留下什麼呢？

愛勒克特 你跟我提過那些幸福的城市……

奧亥斯特 我很在乎幸福。我要我的回憶、我的土地、我在雅高城居民之間的位置。（沉默一會兒）愛勒克特，我不會離開這裡。

愛勒克特 菲列博，你走，我求求你。我憐憫你，如果你珍惜我，就走吧；你會遇到的都只會是壞事，而你的單純會壞了我的大事。

奧亥斯特 我不會走。

愛勒克特 你以為我會讓你待在這兒，帶著令人厭煩的純真，威嚇且無聲地評斷我的行動嗎？你何必那麼固執？這裡沒有人要你留下。

奧亥斯特 這是我唯一的機會。愛勒克特，妳不能剝奪我這個機會。試著理解我，我想落腳在某個地方，成為眾人之間的一個人。瞧，那裡有一個奴隸走過，疲憊且不情願，扛著沉重的重擔，拖著腿看著自己雙腳，為了不倒下只能看著自己腳下。他是**身處在**他的城市，就像樹叢裡的一片葉子，就像森林裡的一棵樹，雅高城圍繞著他，有重量有熱度，充滿城市的氣息；我要成為這個奴隸，愛勒克特，我要讓這城市圍繞著我，讓它像毛毯一樣包圍著我。我不會離開。

愛勒克特 就算你待在這裡一百年，也都只會是個陌生人，比在漫漫路途上還孤單。人們會半垂著眼皮斜眼看你，你經過的時候他們講話還會降低聲音。

奧亥斯特　想為你們效力是那麼困難嗎？我的手臂能捍衛這個城市，我也身懷黃金能解救你們的貧困。

愛勒克特　我們不缺將帥，也不缺想做善事的虔誠之心。

奧亥斯特　那麼……

他埋著頭走了幾步。朱比特出現，搓著雙手看著他。

奧亥斯特　（抬起頭）要是我至少能看清楚就好了！啊！宙斯，宙斯，天之神，我極少向你求救，你也從未幫助過我，但是你可以見證，我一直以來追求的都是善。現在我累了，分辨不清善與惡了，我需要有人幫我指出前路。宙斯，一個被驅離故土的國王之子，就真的只能屈服於放逐，像隻懶狗一般低著頭離開？這是你的旨意嗎？我無法相信。然而……然而你曾禁止過殺戮……啊！誰說到殺戮了，我已不知道自己在講什麼……宙斯，我哀求你，如果你強加在我身上的是屈辱和卑劣的汙辱，至少呈現出一點跡象，因為我一切都看不清了。

朱比特 （自言自語）怎麼了呢？我樂意之至。阿巴沙，阿巴沙，切，切。

大石頭四周光芒跳耀。

愛勒克特 （笑起來）哈！哈！今天奇蹟像下雨般紛至。你看，虔誠的菲列博，看看尋求神祇會得到什麼！（她狂笑起來）善良的年輕人……虔誠的菲列博說：「給我點跡象吧，宙斯，給我跡象！」然後光芒就跳躍在這神聖的石頭四周。你走吧！去科林斯！去科林斯！走！

奧亥斯特 （凝視著石頭）那麼……善就是**這個**嗎？（停頓一會兒，還是一直看著石頭）不興風作浪。與人為善。把「對不起」和「謝謝」掛在嘴邊……是這樣嗎？（停頓一會兒，還是一直看著石頭）善。他們所謂的善……（停頓一會兒）愛勒克特！

愛勒克特 快走，快走。別讓這個在奧林匹斯山上傾身眷顧你的睿智奶娘失望。（她停下話，目瞪口呆）你怎麼了？

奧亥斯特 （聲音改變了）有另外一條路。

愛勒克特 （驚恐地）別扮惡人，菲列博。你詢問了神祇們的旨意，那麼！你知道他們的命令是什麼。

奧亥斯特 命令？啊對……妳指的是這塊大石頭四周的光芒嗎？那光芒不是對我；而且現在再也沒有人可以對我下命令了。

愛勒克特 你的話高深莫測。

奧亥斯特 妳突然離我那麼遙遠……一切都改變了啊！之前我四周有某些有生命有熱度的東西。某些東西剛才消亡了。這一切如此空虛……多麼巨大的空虛，無邊無盡……（他踱了幾步）夜降了……妳不覺得好冷嗎？但到底是什麼呢……剛才消亡的是什麼呢？

愛勒克特 菲列博……

奧亥斯特 我跟妳說有另外一條路……那就是我要走的路。妳看不到這條路嗎？它從這裡往下到城裡。必須往下，妳懂嗎，往下直到你們，你們是在洞底，最底部……

（他向愛勒克特走去）妳是**我的**妹妹，愛勒克特，而這個城市是**我的**城市。**我的**妹妹！

他抓住她的手臂。

愛勒克特 別碰我！你抓痛了我，你讓我害怕——而且我不屬於你。

奧亥斯特 我知道。時間還沒到，我還不夠重量。我必須給自己添上一個重大的罪行，讓我一頭下墜，直墜到雅高城的最底部。

愛勒克特 你要採取什麼行動？

奧亥斯特 等一下。且讓我和我這輕盈無暇告別。且讓我和我的年輕歲月告別。那些在科林斯和雅典充滿歌聲和氣味的夜晚，再也不會屬於我。那些充滿希望的早晨也是……永別了！永別了！（他走回愛勒克特身邊）來，愛勒克特，看看我們的城市。它在那兒，被陽光曬得紅通通，人聲和蒼蠅嗡嗡，在這夏日午後頑固的麻痺之中；它所有的牆壁、所有的屋頂、所有緊閉的門都把我推開。然而它是可攻破的，這是我今天早上以來感受到的。妳也是，愛勒克特，妳也是可攻破的。我會攻破你們。我會變身為榔頭，將這些頑強的牆壁一劈為二，我會把這些愚昧信徒的房屋割腸破肚，讓它們的傷口散發出粗礪食物和焚香的氣味；我會變身為斧頭，砍進這城市的心臟，就像砍進橡樹的樹幹中心。

愛勒克特 你改變多大啊！你的眼睛不再發亮，而是暗沉陰鬱。可惜了！你原本是那麼溫柔，菲列博。而現在你和我說話就像我夢中的那個人一樣。

奧亥斯特 聽好了，所有那些在陰暗房間裡顫抖的人們，周圍圍繞著他們心愛的亡者，假設我承擔下他們所有的罪行。假設我想當「悔恨小偷」；紅杏出牆的妻子、任由母親死去的商人，把欠債人剝光直到死的高利貸，把他們所有的悔恨都移置到我身上呢？妳說，到了那一天，當我身上纏繞著比雅高城的蒼蠅還多的悔恨，這城市裡所有的悔恨，我會不會獲得生活在這城邦居民當中的權利呢？在你們充滿血跡的城牆之內，我是否能找到自己的家，如同繫著血腥圍裙的屠夫棲身在他的肉舖裡，介於他剛才屠殺的血淋淋的牛隻屍身當中？

愛勒克特 你要幫我們贖罪？

奧亥斯特 贖罪？我說我要把你們所有的悔恨都移置到我身上，但我並沒說我要怎麼處置這些轟鬧刺耳的家禽，或許我會扭斷牠們的脖子呢。

愛勒克特 你如何能承擔我們的罪呢？

奧亥斯特 你們巴不得擺脫那些罪。只是國王和皇后把它們強行維持在你們心裡。

愛勒克特 國王和皇后……菲列博！

奧亥斯特 神祇們作證，我其實不想讓他們流血。

一陣長長沉默。

愛勒克特 你太年輕，太弱……

奧亥斯特 現在，妳要退卻了嗎？帶我到皇宮裡躲藏起來，今晚帶我直到國王皇后的寢殿，妳到時再看我是否太弱。

愛勒克特 奧亥斯特！

奧亥斯特 愛勒克特！這是妳第一次叫我奧亥斯特。

愛勒克特 是的。的確是你。你是奧亥斯特。我沒認出你，是因為我等待的你並不是像這樣。但是我嘴裡這股苦澀的味道，這股灼熱的味道，我在夢裡千百次嘗到的味道，我認出來了。因此你來了，奧亥斯特，你已經決定了，而我在這裡，如同在我夢裡，即將做下一個無法彌補的行動，我害怕——就和在夢裡一樣！喔，如此引頸等待卻又如此擔心的一刻！從此刻開始，每個瞬間連接到下一個瞬間，就像機器的齒輪，一直到他們兩個仰天躺下，臉像被擠爆的漿果之前，我們都無法停下。血流成河！而這是你引爆的，你之前的眼睛如此溫柔。可惜了！我再也看不到這股溫柔了，我再也看不到菲列博了。奧亥斯特，你是我哥哥，是家族的首領，抱著我，保護我，因為我們面對的是巨大的痛苦。

奧亥斯特抱住她。朱比特從藏身處走出來，躡手躡腳地下場。

落幕

第二布景

皇宮內的正殿。一尊朱比特雕像，恐怖而沾滿血跡。夜色降臨。

【第一場】

愛勒克特先上場，做手勢叫奧亥斯特進來。

奧亥斯特　有人來了！

他手握住劍。

愛勒克特 那是守衛在巡邏。跟著我，我們先躲在這裡。

他們躲在國王寶座後面。

〔第二場〕

人物：上一場同樣的人（躲著）、兩名士兵

第一名士兵 真不知今天蒼蠅是怎麼了，像發瘋了一樣。

第二名士兵 牠們聞到死人的氣味，興奮得不得了。我都不敢打呵欠，怕牠們從我大張的嘴巴飛進來，到喉嚨深處盤旋。（愛勒克特探出頭來一會兒，又藏回去）

第一名士兵 咦，有什麼東西喀啦一聲。

第二名士兵 是阿加曼農坐上他的皇位。

第一名士兵 所以他的大屁股把寶座的椅板弄出喀啦聲響？不可能，同袍，死人沒有重量。

第二名士兵 是那些庶民沒有重量。但是他，在變成一個皇家死者之前，他是個愛享受的國王，好年歹年都胖到一百二十五公斤。沒剩下個幾公斤才奇怪吧。

第一名士兵 所以……你相信他在那兒？

第二名士兵 要不然他會在哪兒呢？我啊，我要是個死去的國王，每年有二十四個小時被允許回來，我當然會回來坐我的皇位寶座，坐上個一整天，回想以前的美好回憶，這又不礙著任何人。

第一名士兵 你這麼說是因為你還活著。但如果你已經不在了，你的罪惡和其他人一樣多。（第一名士兵給了他一巴掌）嗳喲！嗳喲！

第二名士兵 這是為你好；你看，我一下殺了七個，一群啊。

第一名士兵 亡者嗎？

第一名士兵　不是。是蒼蠅。我手上都是血。（他在褲子上擦手）該死的蒼蠅。

第二名士兵　牠們最好一出生就死。看看這裡這些死去的人們，他們一個字都不說，他們盡量低調不礙事。死掉的蒼蠅，也會是這樣。

第一名士兵　你閉嘴，都已經這樣了，想到這裡如果再加上蒼蠅的鬼魂……

第二名士兵　蒼蠅又怎麼了？

第一名士兵　你想過嗎？這些蒼蠅每天成千上萬地死。要是從去年夏天以來死掉的蒼蠅鬼魂都放到城裡的話，我們每個活人身邊會有三百六十五隻死蒼蠅圍繞四周。噁心！空氣裡將會是蒼蠅甜腥的氣味，我們張嘴會吃到蒼蠅，呼吸也呼吸到蒼蠅，牠們像一道黏稠的液體滑下，到我們的氣管、五臟內腑……哎呀，或許是這樣，這個廳裡才瀰漫著這麼怪異的氣味吧。

第二名士兵　哇！像這樣占地一千平方英尺的大廳，光幾個死人就讓它臭氣薰天。我們的亡者口臭想必很嚴重吧。

第一名士兵　你聽！那些人彼此喝彼此的血……

第二名士兵　我就跟你說有蹊蹺，椅板喀啦一聲。

他們從右邊走到皇座後方查看；奧亥斯特和愛勒克特從皇座左邊出來，越過皇座前的臺階，從右邊再藏回皇座後面，這時兩名士兵剛好從左邊出來。

第一名士兵　你看沒有人嘛。我跟你說就是阿加曼農，了不起的阿加曼農！他一定坐在這些軟墊上，直挺挺，他看著我們，他時間多得很，什麼事都沒有，只好看著我們。

第二名士兵　我們最好立正站好，就算蒼蠅搔著我們鼻子也沒辦法。

第一名士兵　我寧可去當守衛，好好去巡邏一趟。在那裡，回來的那些亡魂都是夥伴，都是像我們一樣的普通士兵。但是當我想到那如火一般的國王在這裡，數著我制服上缺了幾顆釦子，我覺得好尷尬，好像將軍閱兵似的。

艾吉斯特、克呂泰涅斯特拉、手持火炬的奴僕們上場。

艾吉斯特　大家退下。

〔第三場〕

人物：艾吉斯特、克呂泰涅斯特拉、奧亥斯特和愛勒克特（躲藏著）

克呂泰涅斯特拉 您怎麼了？

艾吉斯特 您看到了嗎？如果不是我用恐懼震嚇他們，他們一反手就會擺脫他們的悔恨。

克呂泰涅斯特拉 您擔心的只是這個？您總是懂得如何在必要的時候凍結他們的勇氣。

艾吉斯特 可能吧。我對這些表演最在行。（停頓一會兒）我後悔必須懲罰愛勒克特。

克呂泰涅斯特拉 是因為她是我的女兒嗎？只要您想怎麼做，我覺得您做的都是對的。

艾吉斯特 婦道人家，我後悔的原因不是因為妳。

克呂泰涅斯特拉 那是為什麼呢？您本來就不喜歡愛勒克特。

艾吉斯特 我累了。我隻手擺弄一整個人民的悔恨，已經十五年了。我穿著這身稻草人衣服，已經十五年了，所有這些黑衣服到最後已經影響到我的靈魂。

克呂泰涅斯特拉 但是，聖上，我自己……

艾吉斯特 我知道，婦道人家，我知道，妳要跟我說到妳的悔恨。唉，我羨慕妳，這些悔恨填滿妳的生命。而我呢，我沒有悔恨，但是雅高城裡沒有一個人比我更悲傷。

克呂泰涅斯特拉 我親愛的聖上……

她貼向他。

艾吉斯特 別煩我，婊子！妳不覺得可恥嗎，在他眼皮子底下？

克呂泰涅斯特拉 在他眼皮子底下？誰看到了我們？

艾吉斯特 國王啊。今天早上亡魂都放出來了。

克呂泰涅斯特拉 聖上，我求求您……死者已在地下，不會這麼快來騷擾我們。難道您忘

艾吉斯特　記是您自己編出這些故事來嚇百姓的？妳說得有道理，婦道人家。妳看到我多麼疲累嗎？讓我靜一靜，我要好好想一想。

克呂泰涅斯特拉下場。

第四場

人物：艾吉斯特，奧亥斯特和愛勒克特（躲藏著）

艾吉斯特　朱比特，這就是你認為雅高城需要的國王嗎？我走過來，走過去，大聲咆嘯，滿臉凶惡大陣仗到處巡視，看到我的人都覺得自己罪大惡極。但我只是一個空殼，在我未察覺的時候，我的體內一隻猛獸已經吞噬我的內在。現在我看看自己內心，只看到我死得比阿加曼農還徹底。我剛才說我悲傷嗎？我說謊。一片荒漠既不悲傷也不歡樂，一片無盡荒蕪的沙地在一片空蕩無垠的天空下，只能說是陰森淒涼。啊！只要我能哭出一滴淚，放棄江山都不足惜。

朱比特上場。

【第五場】

人物：如同上一場人物，朱比特

朱比特　你再抱怨吧，你只不過跟所有的國王一樣。

艾吉斯特　你是誰？來這裡幹什麼？

朱比特　你認不出我來？

艾吉斯特　出去，否則我叫守衛斃了你。

朱比特　你認不出我來？你明明見過我啊，在你的夢裡。我在你夢裡的樣子確實是比較嚇人。（雷聲、閃電，朱比特顯出一副恐怖的模樣）像這樣呢？

艾吉斯特　朱比特！

朱比特　這就對了。（他恢復微笑，走近雕像）這是我嗎？雅高城的人民祈禱的時候，這就是他們看到的我的樣子？哎呀呀，很少有神祇能面對面端詳自己的模樣。（停頓一會兒）我真醜啊！他們應該不怎麼喜歡我吧。

艾吉斯特　他們懼怕您。

朱比特　很好！我不需要被喜歡。你，你喜歡我嗎？

艾吉斯特　您要我怎麼樣呢？我付出的代價還不夠嗎？

朱比特　永遠都不夠！

艾吉斯特　我為了任務都快死了。

朱比特　別誇張！你身體還不錯，而且肥滋滋。我倒是不會譴責你這一點，那是皇室豐滿的肥油，就像蠟燭的脂肪一樣，是必須的。你這身子骨還可以活個二十年。

艾吉斯特 還二十年！

朱比特 你希望死嗎？

艾吉斯特 是的。

朱比特 如果有個人舉著出鞘的長劍走進來，你會把胸膛挺出對著劍嗎？

艾吉斯特 我不知道。

朱比特 你聽好，如果你像頭小牛一樣被劃開喉嚨，你就會受到警戒式的懲罰；你將直到永遠是天曹地府的國王。這就是我前來警告你的。

艾吉斯特 有人要來殺我嗎？

朱比特 好像是這樣。

艾吉斯特 愛勒克特？

朱比特 還有另外一個人。

艾吉斯 誰？

朱比特 奧亥斯特。

艾吉斯特 啊！（停頓一會兒）那麼，事已至此，我還能怎麼做呢？

朱比特　「我還能怎麼做呢？」（改變語氣）立刻下令逮捕一個自稱名叫菲列博的外鄉年輕人。把他和愛勒克特丟進地牢——讓他們被遺忘在那裡！那麼！你還等什麼？叫守衛來。

艾吉斯特　不。

朱比特　可以煩請告訴我你為什麼拒絕嗎？

艾吉斯特　我累了。

朱比特　你幹嘛看著自己的腳底呢？把你布滿血絲的一雙大眼轉向我。這邊，這邊！你像一匹高貴且愚蠢的馬。但是你的頑強並不會惹火我；只不過加點辣椒，讓你稍後的屈服更加令人滿意。因為我知道你終究會投降的。

艾吉斯特　我跟您說，我不要參與您籌畫的計畫。我已經做的太多了。

朱比特　勇敢！抵抗！抵抗！啊！我最喜歡像你這種靈魂。你的眼睛發出閃光，拳頭緊握，當面一口拒絕朱比特。但是啊但是，你這個小腦袋，你這匹小馬，壞心腸的小馬，你的心老早就對我臣服了。好啦，你會聽話的。你以為我沒事會從奧林匹斯山下到塵世嗎？我來這裡是要警告你這件罪行，因為我不想讓它發生。

艾吉斯特　警告我！……事有蹊蹺。

朱比特　恰恰相反，這非常自然，我要移轉盤旋在你頭上的危險。

艾吉斯特　誰要求您這麼做的呢？那阿加曼農呢，您當初也警告他了嗎？他很想活著啊。

朱比特　喔不知感恩的人，喔惡劣的性格。對我來說你比阿加曼農珍貴，我證實給你看了，你反而還埋怨。

艾吉斯特　比阿加曼農珍貴？我嗎？您珍愛的是奧亥斯特。您默許我迷失自己，您任憑我手持斧頭直奔國王的浴池——無疑您在天上舔著嘴唇，心想著犯罪的的靈魂真是香甜。但是今天您保護奧亥斯特於他自己——而我呢，您逼我去殺死他父親，又選擇了我去阻擋兒子的毒手。我只不過是個殺人犯的料。但是對不起，您對他無疑有著不同的觀點。

朱比特　多麼怪異的嫉妒心啊！你放心，我喜歡他不會超過你。我不喜歡任何人。

艾吉斯特　然而，不公平的神，看看您對我做了什麼。回答我吧，如果今日您阻礙奧亥斯特正在籌畫的罪行，為什麼當時容許我犯下我的罪行呢？

朱比特　我不見得不喜歡所有的罪行。艾吉斯特，我們這是兩個國王之間的談話，所以我對你開誠布公，最初始的罪行，就是我創造注定要死的人類時所犯下的。從那時開始，你們所有其他的殺人犯還能做什麼呢？把你們的受害者殺死嗎？得了，他們早就已經注定要死，你們最多只不過是把終點稍微提前了一點。你知道嗎，若是你沒有殺死阿加曼農，他會怎樣嗎？三個月之後，他會中風猝死在一個漂亮女奴的胸口。不過你的罪行幫了我的忙。

艾吉斯特 幫了您的忙？我為此受了十五年的苦，卻幫了您的忙？該死！

朱比特 怎麼了？就是因為你為此受苦，才是幫了我的忙；我喜歡付出代價的罪行。我喜歡你的罪行，是因為那是個盲目而隱晦的謀殺，連犯行的人都不知其所以，充滿古風，比較像是一個大災難，而非人類籌畫的行動。你沒有一刻觸犯到我。你被怒氣和恐懼驅使而殺人，當衝動過後，你駭然自己所做的行動，不肯承認它。這讓我得到了多大的好處啊！為了一個死人，其他兩萬人深陷悔恨之中，這就是總結。我做了一樁不錯的買賣。

艾吉斯特 我看出這一大段話所隱藏的訊息，奧亥斯特將不會悔恨。

朱比特 一丁點都不會有。此時此刻他有條理地深思籌畫，頭腦冷靜，節制穩重。一個沒有悔恨的謀殺，一個肆無忌憚的謀殺，一個平靜溫和的謀殺，在謀殺者的心裡只是像一股輕煙的謀殺，我能從中得到什麼好處呢？我要阻礙它！啊！我真討厭新世代的犯罪，它們就像害群之馬既徒勞又無用。那個和善溫和的年輕人會像殺一隻雞一樣把你殺了，然後離開，雙手染著鮮血但心裡坦然；我要是你會覺得被侮辱。快點吧，傳守衛過來。

艾吉斯特 我跟您說不。正在醞釀的這個罪行讓您如此不喜歡，反而讓我喜歡起來。

朱比特 （改變了音調）艾吉斯特，你是國王，我對話的是你身為國王的意識；因為你喜歡統御。

艾吉斯特 所以呢？

朱比特 你恨我，但我們是同類；我把你塑造成我的形象：一個國王，就是塵世裡的神，就像神一樣高貴且陰森可怖。

艾吉斯特 陰森可怖？您是嗎？

朱比特 看著我。（長長一陣沉默）我說你是依我的形象塑造成的。我們兩個都是掌控秩序的人，你之於雅高城，我之於這個世界。我們倆的心裡沉沉壓著同一個祕密。

艾吉斯特　我沒有祕密。

朱比特　有。和我相同的祕密。所有神祇和國王的痛苦祕密：那就是人類是自由的。他們是自由的，艾吉斯特。你知道這一點，而他們自己不知道。

艾吉斯特　當然啦，如果他們知道，就會到我的皇宮四處放火了。我為了掩蓋他們的權利，已經演戲演了十五年了。

朱比特　你看我們兩個是一樣的。

艾吉斯特　一樣？一個神祇說和我一樣，是什麼樣的諷刺？自從我統領城邦以來，我所有的行動和所有話語都是為了塑造我的形象；我要每一個子民把這個形象放在心上，甚至單獨一個人的時候也感受到我嚴厲的眼光壓在他最隱密的念頭。但是我的第一個受害者就是我自己，我看到的自己是他們眼中看到的我，我傾身望向他們靈魂那口大張的井，我的影像在那井底，它令我厭惡卻又讓我震懾。萬能的神啊，除了其他人對我的懼怕之外，我是誰呢？

朱比特　你覺得我又是誰呢？（手指著塑像）我也是，我有我的形象。你以為這形象不讓我昏頭腦脹嗎？萬年來我在世人們前起舞。一場緩慢而陰暗的舞蹈。他們必須看著我，只要他們眼睛盯著我，就會忘記看他們自己。若我忘記自己一時半刻，若我任憑他們的眼光轉開……

艾吉斯特　那會怎樣？

朱比特　算了。這只關係到我。你累了，艾吉斯特，但是你有什麼可以抱怨的呢？你會死。但我不會。只要這世上還有人類存在，我就被判定得在他們面前起舞。

艾吉斯特　唉！但是是誰判定我們的呢？

朱比特　不是誰，是我們自己；因為我們有共同的熱愛。你喜歡秩序，艾吉斯特。

艾吉斯特　秩序，沒錯。是為了秩序我才引誘克呂泰涅斯特拉，是為了秩序我才殺了我的國王；我想要一切遵循秩序，而且由我來控制。我活著沒有欲望，沒有愛，沒有希望，我制定秩序。喔這恐怖又神聖的熱愛。

朱比特　我們不可能有其他的熱愛，因為我是神，而你生來就該當國王。

艾吉斯特　唉！

朱比特　艾吉斯特，你是我的造物也是我凡間的兄弟，以這個我們兩人都利用的秩序為名，我命令你，逮捕奧亥斯特和他妹妹。

艾吉斯特　他們如此危險嗎？

朱比特　奧亥斯特知道他是自由的。

艾吉斯特　（激動地說）他知道他是自由的。這不足以把他丟入大牢。一個城市裡的一個自由人，就像一群牲畜裡的害群之馬。他將會傳染我整個王國，毀了我的心血。萬能的神，你在等什麼用雷把他劈死呢？

朱比特　用雷把他劈死？（停頓一會兒。疲倦地駝著背）艾吉斯特，神祇們有另一個祕密……

艾吉斯特　你要跟我說的是什麼？

朱比特　當自由在一個人的心理爆炸，神就拿這個人一點辦法都沒有了。因為這就成為人的事了，那就是人與人之間的事了——只介於他們之間——要放任他或絞死他，都是人之間的事。

艾吉斯特　（凝視著他）絞死他？……這不錯。我當然會聽你的話。但是不要再多說什麼，也不要再多待在這裡，因為我再也無法忍受了。

朱比特下場。

第六場

艾吉斯特一個人待在舞臺上，之後愛勒克特和奧亥斯特上場。

愛勒克特 （跳到門邊）攻擊他！別讓他有時間叫喊；我把門堵起來。

艾吉斯特 所以是你，奧亥斯特？

奧亥斯特 對抗啊！

艾吉斯特 我不會對抗。現在呼叫衛兵來已經太遲，而我很高興太遲。我不會對抗，我要你殺了我。

奧亥斯特 好。方法不重要，我將是殺人犯了。

他用劍刺他。

艾吉斯特 （巍巍顫顫）你的劍沒失誤。（他拚命抓住奧亥斯特）讓我看看你。你是真的不會悔恨嗎？

奧亥斯特 悔恨？為什麼呢？我做的是正義之事。

艾吉斯特 這恰恰是朱比特要的。你剛才一定躲在這裡，聽到他所說的了吧。

奧亥斯特 朱比特對我有什麼重要呢？正義是人與人之間的事由，我不需要神來教我。你這邪惡的老奸巨猾，殺你是正義，並毀滅你對雅高城人民的控制，回復他們自尊的感受就是正義。

他把他推開。

艾吉斯特 我好痛。

愛勒克特 他巍巍顫顫，臉色慘白。恐怖！一個垂死之人真醜陋啊。

奧亥斯特　住嘴。除了我們的開心，不要讓他帶任何其他記憶到墳墓裡。

艾吉斯特　你們兩個都受詛咒吧。

奧亥斯特　你還沒死透嗎？

他刺他一劍，艾吉斯特倒在地。

艾吉斯特　當心蒼蠅，奧亥斯特，當心蒼蠅。一切都還沒結束。

他死了。

奧亥斯特　（用腳踢開他）反正對他來說，一切都結束了。領我去皇后的房間。

愛勒克特　奧亥斯特……

奧亥斯特　怎麼了？……

愛勒克特　她再也不能危害我們了……

奧亥斯特 所以呢？……我不認識妳了。妳剛才的說法不是這樣的。

愛勒克特 奧亥斯特……我也不認識你了。

奧亥斯特 那好，我自己去。

他下場。

第七場

人物：愛勒克特，獨自一人

愛勒克特 她會大叫嗎？（停頓一下，側耳傾聽）他走在走廊上，當他打開第四扇門……啊！我曾經希望這樣，我希望這樣，我**必須**現在還是希望這樣！（她看著艾吉斯特）這傢伙死了。所以**這**就是我希望的。我自己都不知道。（她靠近他）這是我夢中出現過百次的場景，他就躺在這個位置，胸口插著一把劍。他雙眼緊閉，看起來像睡著了。我當初多麼恨他啊，多麼開心這樣恨著他。但是他現在看起來不像睡著，雙眼還張著，看著我。他死了——而我的恨也同他一起死了。現在我在這裡，等待著，另一個還活著，在她房間裡，待會兒她會大叫。她會像隻動物般大吼。啊！我再也無法忍受這眼光。（她蹲下身，丟一件大衣蓋住艾吉斯特的臉）我要的到底是什麼呢？（一陣沉默。然後是克呂泰涅斯特拉的叫聲）他攻擊她了。她是我們的母親，然而他攻擊她。（她站起身）現在好了，我的敵人都死了。多少年來，我已預先為他們的死而高興，但是現在，我的心像被鉗子緊緊掐住。十五年來我都對自己撒謊嗎？這不是真的！這不是真的！這不可能是真的，我不是個懦夫！這個瞬間，我以前想要這樣，現在還是。我想要這隻邪惡的豬橫陳在我腳下。（她一把揭去大衣）我才不管你這死魚眼光。這是我要的，這個眼光，而且我很高興。（克呂泰涅斯特拉比較微弱的喊叫）讓她叫吧！讓她叫吧！我要她害怕的吼叫，我要她受痛苦。（喊叫聲停止）開心！開心！我開心得快哭了，我的敵人死了，我父親的仇報了。

奧亥斯特上場，手上的劍血淋淋。她跑向他。

〔第八場〕

人物：愛勒克特、奧亥斯特

愛勒克特 奧亥斯特！

她衝到他懷裡。

奧亥斯特 妳害怕什麼？

愛勒克特 我不害怕，我醉了。開心得醉了。她說了什麼？她苦苦哀求很久嗎？

奧亥斯特 愛勒克特，我不懊悔我所做的，但我不覺得談論這件事很適合，有一些回憶不必共享。妳只須知道她死了。

愛勒克特 一邊詛咒我們嗎？只要告訴我這一點，一邊詛咒我們嗎？

奧亥斯特 是的。一邊詛咒我們。

愛勒克特 抱著我，親愛的，緊緊抱著我。夜晚如此深沉，這些火炬的光都難以穿透！你愛我嗎？

奧亥斯特 已經不是夜晚了，天已拂曉。我們是自由的，愛勒克特。我感覺好像我讓妳誕生了，我也和妳一起誕生了；我愛妳，妳屬於我。昨天之前我都還孤單一人，而今天妳屬於我了。血液讓我們雙重結合在一起，因為我們流著相同的血，而且我們也濺灑了血。

愛勒克特 拋下你的劍。把這隻手給我。（她拉起那隻手，親吻它）你的手指短而平，生來就是為了抓住而不放。親愛的手！它比我的手還白皙。它生來多麼沉重，為了打擊殺死我們父親的罪人！等一下。（她去拿了一個火炬，湊近奧亥斯特）我得照亮你的臉，因為夜愈來愈深，我已看不清你了。我需要看著你，當我看不到你的時候，就會懼怕你；我不能把眼光移開你身上。我愛你。我必須相信我愛你。你的神情好奇怪！

奧亥斯特　我是自由的，愛勒克特；自由像雷一般打到了我。

愛勒克特　自由？我呢，我並不感覺到自由。你能做到像這一切都未曾發生嗎？有件事已經發生，不容我們自由地讓它不曾發生。你能抹滅我們永遠是殺害我們母親的罪人嗎？

奧亥斯特　妳認為我想要抹滅這件事嗎？我做了**我的**行動。愛勒克特，而且這個行動是對的。我會把它背在肩上，就像背人過河，我會把人渡到河的另一邊，並且知道自己在做什麼。背的人愈重，我愈高興，因為我的自由，就是肩上背負的那個人。在昨日之前，我在世上信步亂走，千百條路在我腳下逐漸消失，因為它們是屬於別人的。那些路我全都走過，沿著河拉縴人跑的路、羊腸小徑、馬車走的石板路；但是沒有一條路屬於我。今日，我的路只有一條，神才知道會通到哪裡：但這是**我的**路。妳怎麼了？

愛勒克特　我看不到你了！這些燈都照不亮。我聽到你的聲音，但是它像刀子割著我的耳朵疼。從此永遠都會一直這麼黑嗎，甚至白天都是？奧亥斯特！牠們來了！

奧亥斯特　誰？

愛勒克特　牠們來了！牠們從哪裡來的呢？牠們像一串串黑色葡萄吊在天花板上，牠們把牆壁都弄黑了；牠們鑽進光線和我的雙眼之間，牠們的影子使我看不到你的臉。

奧亥斯特　蒼蠅……

愛勒克特　你聽！……聽牠們翅膀的聲音，好像膛爐裡哄哄作響。牠們圍繞在我們身旁，奧亥斯特。牠們窺伺著，待會兒就會向我們進攻，我的全身會感受到千百隻黏呼呼的蒼蠅腳。逃到哪裡去呢，奧亥斯特？牠們膨脹，又膨脹，看現在牠們已經大得像蜜蜂，一大群密密麻麻跟著我們。恐怖啊！我看到牠們的眼睛，牠們幾百萬隻眼睛盯著我們。

奧亥斯特　這些蒼蠅與我們何干？

愛勒克特　牠們是復仇女神，悔恨的女神。

眾聲　（在門後面）開門！開門！他們如果不開門，必須衝進去。

門上低沉的敲門聲。

奧亥斯特　克呂泰涅斯特拉的叫聲引來了衛兵。來！帶我去阿波羅神殿；我們在那裡過夜，遠離人群和蒼蠅。明天我會和我的子民喊話。

落幕

第三幕

第一場

阿波羅神殿。昏暗之中。舞臺中央是一尊阿波羅雕像。愛勒克特和奧亥斯特睡在雕像下，雙臂抱著腿。復仇女神團團圍住他們兩人；她們站立著，也睡著了，像高腳的鳥類。舞臺底端有一扇厚重的銅門。

第一個復仇女神（伸展身子）哈哈哈，我站著睡著了，被怒火支撐直立著，我做了好多好多火爆的夢。喔怒火的美麗花朵，我心中美麗的紅色花朵。（她圍繞著奧亥斯特和愛勒克特轉）他們睡著了。他們多麼白皙啊，他們多麼柔和啊！我要在他們的肚子上、胸口上翻滾，就像洪流翻捲石子。我會耐心地刨鑿這個細緻的肉體，我摩搓它、刮擦它，毀損它直到骨頭。（她踏了幾步）喔仇恨的純淨清晨！多麼燦爛的甦醒！他們沉睡著，他們皮膚微濕，他們散發出狂熱氣息；我呢，我清新而堅毅地清醒著，我的靈魂如銅一般堅硬——而且我覺得自己一股神聖。

愛勒克特　（沉睡著）唉！

第一個復仇女神　她在呻吟。耐心點，妳很快就會見識到我們的叮咬，我們會讓妳在我們的輕撫之下嚎叫。我刺進妳的身體就像雄性進入雌性的身體，因為妳是我的伴侶，妳將會感受到我愛情的重量。妳很美，愛勒克特，比我還美；但是妳看著好了，我的親吻讓人老，六個月不到，我就會讓妳變成老嫗，而我，我還依舊維持年輕。（她傾下身看著他們）這些是即將消失的美味獵物，滋味可口；我看著他們，吸著他們的氣息，怒火令我窒息。喔一個充滿恨意的清晨多麼美妙，感受到爪子和下顎和血管裡的熱血多麼美妙。恨意淹沒了我，讓我透不過氣來，像煮沸的牛奶湧上我胸口。姊妹們醒來吧，快醒來，天亮了。

第二個復仇女神　我夢見我叮咬了。

第一個復仇女神　再耐心點，今天有一個神祇保護著他們，但是飢渴很快會讓他們離開神祇的保護。到時候，妳可以盡情叮咬他們。

第三個復仇女神 啊啊啊！我要搔抓。

第一個復仇女神 再等一下，你鋼鐵般的指甲很快就能在罪人的身上劃下千百條紅色痕跡。姊妹們靠上來，過來看看他們。

一個復仇女神 他們好年輕啊！

另一個復仇女神 他們長得好俊啊！

第一個復仇女神 享受吧，罪犯通常又老又醜；這兩個太罕見了，摧毀美的東西是絕妙的快樂。

眾多復仇女神 好耶！好耶！好耶！

第三個復仇女神 奧亥斯特幾乎還是個孩子。我對他的恨將帶著母性的溫柔。我會將他蒼白的頭枕在我膝蓋上，撫摸著他的頭髮。

第一個復仇女神 然後呢？

第三個復仇女神 然後把這兩隻手指一下戳進他雙眼中。

她們全都笑起來。

第一個復仇女神　他們嘆息了，他們動了；他們很快就會醒。來吧，姊妹們，我的蒼蠅姊妹們，用我們的歌聲把罪人拉出睡夢吧。

眾復仇女神齊聲　滋，滋，滋，滋。

我們棲息在你腐敗的心上，如同蒼蠅叮在奶油麵包上，

腐敗的心，血淋淋的心，美味的心，

我們會像蜜蜂採蜜一樣採你心裡的膿和血，

我們將之釀成蜜，你看著吧，可口的綠色蜂蜜，

什麼樣的愛會像恨如此滿足我們的心呢？

滋，滋，滋，滋。

我們將是每棟房舍死盯著你的眼睛，

你經過時齜著利牙大狼狗的低吠，

我們將是飛在在你頭上空中的嗡嗡聲，

森林裡的喧囂，

風嘯聲，喀拉聲，噓噓聲，吼叫聲，

我們將是黑夜，
你心靈深沉的黑夜。
滋，滋，滋，滋。
好耶！好耶！好耶！
滋，滋，滋，滋，
我們吸吮膿液，我們蒼蠅，
我們和你分享一切，
我們會去你嘴裡尋找食物，去你眼底尋找光亮，
我們會跟隨你直到墳墓
在蟲蛀你屍身之前我們都不會罷休。
滋，滋，滋，滋。

她們跳著舞。

愛勒克特　（醒來）誰在說話？妳們是誰？

復仇女神們　滋，滋，滋。

愛勒克特　啊！妳們來了。所以囉？我們確實把他們兩個殺死了？

奧亥斯特　（醒來）愛勒克特！

愛勒克特　你是誰？啊！你是奧亥斯特。你走吧。

奧亥斯特　妳到底怎麼了？

愛勒克特　你令我害怕。我夢到我們的母親往後倒地，流著血，她的血像小溪流般流淌在皇宮每一道門之下。摸摸我的手，它們好冷。不，走開，別碰我。她流了很多血嗎？

奧亥斯特　住嘴。

愛勒克特　（現在完全醒來）讓我看著你；你殺了他們。是你殺了他們。你在這裡，剛剛醒來，你臉上什麼表情都沒有，然而你殺了他們。

奧亥斯特　那又怎麼了？對，我殺了他們。（停頓一會兒）妳也是，妳令我害怕。昨天妳還那麼美麗。就好像一隻猛獸用爪子毀了妳的臉龐。

愛勒克特　一隻猛獸？那就是你的罪行。它撕裂了我的臉頰和眼皮，我感覺我的雙眼和牙齒都裸露著。她們這些呢？她們是誰？

奧亥斯特　不必管她們。她們無法傷及妳。

第一個復仇女神　她如果敢的話就來到我們中間，你就好好看看我們傷不傷得了她。

奧亥斯特　安靜，母狗們。回狗窩裡去！（復仇女神們抱怨紛紛）昨天那個穿著白袍在神殿階梯上跳舞的，難道真的是妳嗎？

愛勒克特　我老了。在一夜之間。

奧亥斯特　妳還是美麗，但……我是在哪裡看見過這槁木死灰的眼睛呢？愛勒克特……妳跟她很像；妳很像克呂泰涅斯特拉。殺她真有必要嗎？當我在妳這雙眼裡看到我的罪行，令我不寒而慄。

第一個復仇女神　那是因為她痛恨你。

奧亥斯特　是真的嗎？妳真的痛恨我嗎？

愛勒克特　讓我一個人靜一靜。

第一個復仇女神　看吧？還有任何懷疑嗎？她怎會不恨你呢？她之前懷著夢想安靜過日

子，你來了，帶來殺戮和褻瀆。看看她，現在得和你一起承擔錯誤，緊抓著雕像底座，這是世上留給她唯一一小塊地方了。

奧亥斯特 別聽她的。

第一個復仇女神 退後！退後！趕走他，愛勒克特，別讓他的手碰觸到妳。他是個屠夫！身上還有淡淡鮮血的氣味。他殺那老女人的手法惡劣，妳可知道，來來回回刺了好幾次劍。

愛勒克特 妳沒扯謊？

第一個復仇女神 妳可以相信我，我當時就在場，嗡嗡嗡繞在他們身旁。

愛勒克特 他刺了好幾次劍？

第一個復仇女神 十幾次。每一次劍刺進傷口發出「噗」的一聲。她用手護住臉和肚子，他就把她的雙手都劃傷了。

愛勒克特 她受了很多苦？她並沒有立刻死去？

奧亥斯特 不要再看她們，堵起耳朵，尤其不要問她們問題；妳問她們問題就是輸了。

第一個復仇女神 她受了恐怖的痛苦。

愛勒克特 （兩手掩著臉）啊！

奧亥斯特 她要離間我們，她在妳周圍建起孤立的高牆。當心，當妳孤伶伶一人，完全孤立毫無援助，她們就會撲到妳身上。愛勒克特，我們一起決定這起謀殺，就必須一起承擔後果。

愛勒克特 你聲稱這是我要的？

奧亥斯特 不是這樣嗎？

愛勒克特 不，不是這樣……等等……是這樣！啊！我已經不知道了。我曾夢想這個謀殺。但是，是你下手的，你是你自己母親的劊子手。

復仇女神們 （笑著喊著）劊子手！劊子手！屠夫！

奧亥斯特 愛勒克特，這扇門後面，是整個世界。世界與早晨。外面，陽光升起照亮了道路。我們即將走出去，走在陽光普照的路上，這些屬於夜晚的女生們就失去她們的威力，陽光將會像劍一樣刺穿她們。

愛勒克特 陽光……

第一個復仇女神　妳再也看不到陽光了，愛勒克特。我們會像一大群蚱蜢一樣把他和妳團團圍住，無論妳走到哪裡頭上都一片烏壓壓。

愛勒克特　走開！別再折磨我了！

奧亥斯特　是妳的弱點造就她們的力量。妳看，她們什麼都不敢對我說。聽好，一股無名的恐懼落在妳身上，離間我們。但是妳經歷過我所經歷的事嗎？我母親的呻吟，妳以為我的耳朵能停止不聽到嗎？她那無限大的雙眼——兩汪波滔濤洶的汪洋——在她那張灰白的臉上，妳以為不會在我的眼前不斷出現嗎？吞沒妳的焦慮不安，妳以為它不會不斷啃噬著我嗎？但是我不在乎，我是自由的。和我一致吧。不要恨妳自己。愛勒克特。把手伸給我，我不會拋下妳的。

愛勒克特　放開我的手！包圍我周圍的暗黑母狗們讓我害怕，但是還比不上你令我害怕。

第一個復仇女神　你看！你看！可不是嗎，小洋娃娃，我們不像他讓妳這麼害怕？妳需要我們，愛勒克特，妳是我們的孩子。妳需要我們的指甲挖進妳的肉身，妳需要我們的牙齒咬進妳的胸口，妳需要我們嗜血的愛移轉妳身負的恨，妳需要身體的痛苦來忘掉心靈的痛苦。來吧！來吧！妳只要走下兩級臺階，我們會張開雙臂迎接妳，我們的親吻會撕裂妳羸弱的肉體，之後就是遺忘，像一場純粹大火般遺忘痛苦。

復仇女神們　來吧！來吧！

她們緩緩跳著舞像是要蠱惑她。愛勒克特站起來。

奧亥斯特　（抓住她的手臂）不要去，我求妳，妳會完蛋。

愛勒克特　（猛力掙脫他）哈！我恨你。

她走下階梯，復仇女神們全部撲到她身上。

愛勒克特　救命！

朱比特上場。

【第二場】

人物：上一場的人物、朱比特

朱比特 回狗籠！

第一個復仇女神 主子！

復仇女神們依依不捨地散開，留下愛勒克特躺在地上。

朱比特 可憐的兩個孩子。（他朝愛勒克特走去）你們落到這個地步？怒氣和憐憫在我心裡交織。站起來，愛勒克特，只要我在，我手下這些母狗不會傷害妳（他扶她站起身）多麼恐怖的臉。只不過一夜而已！一夜而已！妳那農家女的清新到哪兒去了？只不過一夜，妳的肝、妳的肺、妳的青春氣息都枯竭了，妳的身軀只剩下一個巨大的不幸。啊！目空一切的年輕人，你們造成自己多大的傷害啊！

奧亥斯特　省省這老好人的語調，這和萬神之王的身分不搭。

朱比特　而你呀，省省這傲慢的語調，這和一個該為自己罪行贖罪的罪人不搭。

奧亥斯特　我不是罪人，你無法讓我為一個我不承認的罪行贖罪。

朱比特　你或許搞錯了，但是有點耐心，我不會讓你沉陷在錯誤裡太久。

奧亥斯特　你愛怎麼糾纏就怎麼糾纏，我絲毫不後悔。

朱比特　甚至不後悔你妹妹因你的錯誤變成這個模樣？

奧亥斯特　甚至不。

朱比特　愛勒克特，妳聽到了嗎？這傢伙還聲稱愛妳。

奧亥斯特　我愛她勝於我自己。但是她的痛苦來自於她自己，只有她自己能夠解脫於此，她是自由的。

朱比特 那你呢？你也是自由的，或許？

奧亥斯特 你很清楚這一點。

朱比特 看看你，厚顏無恥且愚蠢的造物，你好大氣派，事實上只是縮在一個會伸援手的神祇雙腿之間，身邊是圍攻的那些飢餓母狗。你若膽敢宣稱你是自由的，那也得吹噓拴著鍊子蹲在牢房底的犯人，還有受折磨的奴隸也是自由的。

奧亥斯特 有何不可？

朱比特 當心點，你大吹大擂是因為阿波羅保護你。但是阿波羅是我非常順從的僕人。我只要動根指頭，他就會拋棄你。

奧亥斯特 那就動指頭吧，舉一整隻手吧。

朱比特 何必呢？我不是說過我厭惡處罰嗎？我是來救你們的。

愛勒克特 救我們？別再挖苦了，復仇和死亡的大神，因為就算是神，也不應該給受苦的人一個虛假的希望。

朱比特 一刻鐘之後，妳就可以走出這裡。

愛勒克特 毫髮無傷？

朱比特　我說話算話。

愛勒克特　那你要求我什麼回報？

朱比特　我什麼都不要求，我的孩子。

愛勒克特　什麼都不？我沒聽錯嗎，好心的神，崇敬的神？

朱比特　或者說幾乎什麼都不。妳可以輕輕鬆鬆給我的，就是一點懺悔之心。

奧亥斯特　當心，愛勒克特，這「幾乎不」將會像一座山一樣壓在妳的心靈上。

朱比特　（對愛勒克特說）別聽他。還是回答我吧，妳怎麼會不否認這樁罪行呢；是另一個人犯下的罪。要說妳是共謀都很勉強。

奧亥斯特　愛勒克特！妳要背棄十五年來的怨恨和希望嗎？

朱比特　誰說到背棄了呢？她從來沒有想要這個褻瀆的行動。

愛勒克特　唉！

朱比特　好啦！妳可以相信我。我難道不能讀妳的心嗎？

愛勒克特　（難以置信）你讀到我心裡其實不想要這樁罪行？而我十五年來夢想著這謀殺和復仇？

朱比特 啊！那些撫慰妳的血腥夢想，其實帶著某種天真的成分；它們掩蓋妳的奴隸狀態，它們包紮妳自尊心的傷口。但是妳從未想過要真的付諸行動。我說得沒錯吧？

愛勒克特 啊！我的神，我親愛的神，我多麼希望你沒說錯！

朱比特 妳是一個小女孩。愛勒克特。其他的小女孩希望成為最富有或最美麗的女人。而妳，因為受到家族殘酷的命運蠱惑，妳希望成為最痛苦、最罪惡的人。妳從來沒有要傷害誰，妳要的只是自己的不幸。在妳這個年紀的孩子還玩玩具或跳房子；而妳，可憐的小孩，沒有玩具、沒有玩伴，所以妳玩謀殺的遊戲，因為這是可以自己一個人玩的遊戲。

愛勒克特 唉！唉！我聽著你的話，看我自己也比較清楚了。

奧亥斯特 愛勒克特！愛勒克特！現在才是妳有罪的時刻。妳當初要的，除了妳還有誰會知道呢？妳要讓另外一個人幫妳決定嗎？為什麼要曲解一個無法為自己平反的過往呢？為什麼否定當初這個激怒的愛勒克特呢，這個我如此珍愛的怨恨年輕女神？妳看不出來這個殘酷的神在玩弄妳嗎？

朱比特 玩弄你們？先聽聽我的建議，如果你們懺悔你們的罪行，我就讓你們倆坐上雅高城的王位。

奧亥斯特 取代我們的受害者？

朱比特 這是必要的。

奧亥斯特 然後我套上去世國王尚存餘溫的衣服？

朱比特 那些衣服或其他的衣服，這不重要。

奧亥斯特 沒錯，只要是黑色的衣服就好，是嗎？

朱比特 你不是在服喪嗎？

奧亥斯特 為我母親服喪，這我倒忘了。那我的子民呢，我也必須叫他們穿黑衣嗎？

朱比特 他們本來就穿黑衣啊。

奧亥斯特 沒錯。讓他們有時間把這些衣服穿舊穿破。所以囉，妳明白了嗎，愛勒克特？如果妳灑下幾滴眼淚，他們就會奉上克呂泰涅斯特拉的裙子和襯衫——那些妳親手洗了十五年又臭又髒的襯衫。她的后位也等著妳，妳只要欣然接位；完美的幻影，所有人都會以為又看到妳母親，因為妳跟她愈來愈相像。我呢，我噁心到不行，我絕對不會穿上我殺掉那個小丑的褲子。

朱比特 你的頭抬得很高，你攻擊了一個並未抵抗的男人，和一個苦苦哀求的老婦人；不認識你的人聽你這麼說，還以為你以一擋十拯救了你的故鄉呢。

奧亥斯特 或許我確實拯救了我的故鄉。

朱比特 你？你知道這扇門後面有什麼嗎？雅高城的人民——雅高城所有的人民。他們握著石頭、長柄叉和棍子等待著他們的拯救者，以示感謝。你像痲瘋患者一樣孤單。

奧亥斯特 是的。

朱比特 得了。不要高傲。你將在活在他們拋棄你的蔑視和恐懼之中，孤獨一人，喔你是最卑鄙的殺人犯。

奧亥斯特 最卑鄙的殺人犯，是之後懊悔的人。

朱比特 奧亥斯特！我創造了你，也創造了萬物。你看。（神殿的牆壁打開。出現天空，滿天星子旋轉。朱比特站在舞臺後方。他的聲音變得極大聲——麥克風——但是觀眾幾乎聽不清楚）看看這些星體有序旋轉，從不會互撞，是我按照正義調節它們的運行。聽聽各個球體和諧的聲音，這些礦物巨大的和聲聖歌迴盪在天際四方。（旋律）我令物種生生不息，我命令一個人孕育的必定是人，狗下的崽子一定是狗，因為我，海潮溫柔的舌頭在固定時刻湧上或退下沙灘，我使植物生長，我的氣息引導花粉的黃色雲朵環繞大地。你不是在自己家，是個外來者！你在這世界就像掐在肉裡的一根刺，就像領主林地上的偷獵者；因為這世界是善的；我按照我的意志創造了它，而我就是良善。但是你，你做了惡事，萬物以它們堅如岩石的聲音譴責你。善無處不在，是接骨木的汁髓，是泉水的清涼，是火石的顆粒，是石頭的重力；直到在火和光亮之中你都可以發現它，你自己的身體都背叛你，因為你的形體就是我的指示。良善就在你身內身外，它像一把鐮刀插進你的肉身，像一座山壓垮你，它像海一樣載著你、吞噬你；是它讓你的行動成功，因為它就是那蠟燭的光亮、是你劍的堅硬、是你手臂的力量。而你自稱兇手、如此自以為傲的惡行，豈非也只是一個反射，一個託辭，一個假象，而這個假象的存在本身都是由善支撐的。回到你自己本身吧，奧亥斯特，宇宙會證明你錯了，而你是宇宙裡滄海一粟。回到自然法則吧，反常的孩子，認知你的錯誤，屏棄它，把它像一顆腐臭的蛀牙從你身上拔除。否則小心海水會在你面前退下，你路途上的泉水都會枯涸，你路途上的石頭和巨石都會墜落，大地在你腳下粉碎。

奧亥斯特 它就粉碎吧！在我路過時巨石砸下、植物都枯萎吧！你那整個宇宙都無法定我的罪。你是萬神之王，朱比特，石頭和星體之王，海浪之王。但你不是人類之王。

神殿的牆慢慢合攏，朱比特又出現，疲憊且駝背；恢復他自然的聲音。

朱比特 我不是你的王，恬不知恥的蟲蛆。那是誰創造了你？

奧亥斯特 是你。但你不該把我創造成一個自由的人。

朱比特 我給你自由是為了聽令於我。

奧亥斯特 或許吧，但是它反過來反抗你，而不論你或是我，都對此無能為力。

朱比特 終於！這是辯解。

奧亥斯特 我不會辯解。

朱比特 真的嗎？你知道這聽起來很像辯解，這個你自稱身為奴隸的自由？

奧亥斯特 我不是主人，也不是奴隸，朱比特。我**是**我的自由！你一旦把我創造出來，我就不再屬於你了。

愛勒克特 以我們父親之名，奧亥斯特，我求求你，別在罪行之上又加上褻瀆。

朱比特 聽聽她說的。不必希望能用道理說服她，這種語言對她的耳朵來說相當新穎——也相當刺耳。

奧亥斯特 對我的耳朵來說也是，朱比特。對我說出這些話語的喉嚨，和發出它們的舌頭來說也是，我難以理解我自己。昨日之前，你還是我雙眼前的薄幕，我雙耳裡的耳塞；昨日之前我有藉口；你是我存在的藉口，因為你把我放到世上來完成你的計畫，而這世界是個老媒婆，不斷媒合你和我。但之後你拋棄了我。

朱比特 拋棄你，我嗎？

奧亥斯特 昨日，我在愛勒克特身邊；你的一切自然法則擠壓在我周身，它高唱著你的良善，像警鐘，不停對我提出忠言。為了軟化我，炙烈的陽光像迷離的眼光變柔和了；為了諄諄教誨我忘記反抗，天空都暈染出寬恕的甜美。我臣服於你的命令的年少青春，甦醒了，站在我眼前，像一個將被拋棄的新娘一樣哀求；我最後一次看到我的年少青春。但是，突然之間，自由突襲到我身上，令我僵住了，自然法則往後退了一大步，我沒有了年紀，在你這個溫暖的小世界之中，我覺得好孤單，就好像一個人失去了他的影子！然後呢，天空上既沒善、也沒惡，再也沒有人對我下命令。

朱比特 啊？我難道該讚賞羊群中因為患了疥瘡而突出群體的那隻羔羊，還是那個被關在檢疫站的痲瘋病患嗎？別忘了，奧亥斯特，你曾在我的羊群裡，和我的羔羊們一起在我的草原上吃著草，你的自由只不過是搔著你的疥瘡，你的自由只是一個放逐。

奧亥斯特 你說得沒錯，是放逐。

朱比特 惡沒那麼深重，只開始於昨天。回到我們中間來。回來吧，你看你如此孤單，連你的妹妹都拋棄你了。你臉色蒼白，眼睛充滿焦慮。你希望活著嗎？你現在被無人性的惡啃噬著，不合乎我的自然法則，也和你自己不合。回來吧，我是遺忘，我是休憩。

奧亥斯特 和我自己不合，這我知道。不合乎自然法則，違反自然反則，沒有辯解，沒有除了我自己之外的救援。但是我不會回到你的法則之下，我被判定只能有我自己的法則，沒有其他的。我不會回到你的自然法則之下，千百條已經畫好的路都通向你，但是我只能順著我自己的路。因為我是個人，朱比特，每個人都該創造自己的路。自然法則痛恨人，而你，你，萬神之王，你也痛恨人。

朱比特 你沒說錯，要是人都像你一樣的話，我痛恨他們。

奧亥斯特 當心，你剛剛承認了你的弱點。我，我不恨你。你和我有什麼關係呢？我們就像兩艘船面對面互不碰觸地滑過。你是神而我是自由的，我們相同孤獨，也有相同的焦慮。這一整個長夜，誰跟你說我沒想過懊悔呢？懊悔。睡眠。但我既不懊悔，也睡不著。

一陣沉默。

朱比特 你打算怎麼做呢？

奧亥斯特 雅高城的人們是我的子民。我必須讓他們張開眼睛。

朱比特 可憐的人民！你要奉送他們孤寂和恥辱，你要揭開我幫他們蓋上的布，你要突然呈現出他們的存在，他們汙穢且乏味的存在，這毫無益處。

奧亥斯特 我為什麼要拒絕分享我所感受的絕望呢？這也是他們的命運。

朱比特 他們要拿這命運做什麼呢？

奧亥斯特 他們愛怎麼做就怎麼做，他們是自由的，而生命開始於絕望的對立那一邊。

一陣沉默。

朱比特 好吧，奧亥斯特，這一切都是預定好的。有一個人會來宣告我的黃昏。所以就是你囉？昨日看到你如女孩般純真的臉，誰會相信呢？

奧亥斯特 難道我自己能相信嗎？我說的話對我的嘴來說太沉重，把嘴撕裂了；我肩負的命運對我的青春年少太沉重，把青春破碎了。

朱比特 我一點都不喜歡你，但是我替你抱屈。

奧亥斯特 我也替你抱屈。

朱比特 永別了，奧亥斯特。（他走了幾步）至於妳，愛勒克特，好好想想，我的統御遠遠還沒結束——我不會放棄鬥爭。妳自己決定來跟隨我或是反抗我。永別了。

奧亥斯特 永別了。

朱比特下場。

第三場

人物：上一場人物，除了朱比特

愛勒克特緩緩站起來。

奧亥斯特　妳要去哪裡？

愛勒克特　別管我。我跟你沒什麼可說的。

奧亥斯特　我昨天才認識妳，難道就該永遠失去妳？

愛勒克特　但願沒有認識你就好了。

奧亥斯特　愛勒克特！我的妹妹，我親愛的愛勒克特！我唯一的愛，我生命裡唯一的溫柔，別拋下我一人，留下來。

愛勒克特　小偷！我原本已經什麼都沒有了，只有一點平靜和幾個夢想。你把那一切都拿走了，你偷了一個貧苦女子。你是我哥哥，我們家的家長，你應該保護我的，但是你把我陷入血腥，我像一頭被割喉的牛全身是血；所有的蒼蠅都跟著我，凶猛至極，我的心是一個恐怖的蜂窩！

奧亥斯特 我的愛，沒錯，我拿走了一切，而且我沒有任何東西可以給妳——只給了妳我的罪行。但這是個巨大的禮物。妳難道以為它不是像鉛錘一樣壓在我心頭上嗎？我們之前都太輕挑了，愛勒克特，現在我們的腳深陷在土裡，像馬車輪陷在車轍裡。來，我們走吧，我們踩著沉重的步伐，背駝著我們珍貴的重擔。把妳的手伸給我，我們去……

愛勒克特 去哪裡？

奧亥斯特 我不知道；朝向我們自己而去。在一條條河流與一重重山巒的那一邊，有一個奧亥斯特和一個愛勒克特在等著我們。必須耐心尋找他們。

愛勒克特 我不再聽你了。你帶給我的只是不幸和厭惡。（她在舞臺上蹦起來。復仇女神們緩緩靠近）救命！朱比特，眾神與人類之王，我的王，抱著我，帶走我，保護我。我會遵循你的法令，我將是你的奴隸和你的隸屬品，我親吻你的雙腳和雙膝。捍衛我對抗蒼蠅，對抗我哥哥，對抗我自己，別留我孤單一人，我會獻出整個生命來贖罪。我懺悔，朱比特，我懺悔。

她跑出去。

第四場

人物：奧亥斯特、復仇女神們

復仇女神們作勢跟隨愛勒克特。第一復仇女神制止她們。

第一復仇女神　放下她，姊妹們，她逃過了我們的手掌心。但還剩下這一個，而且我想會持續很久，因為他那小小心靈硬得很。他會承受兩個人的苦。

復仇女神們開始嗡嗡轉，靠近奧亥斯特。

奧亥斯特 我孤單一人。

第一復仇女神 才不呢，最俊俏的殺人犯，還有我啊。你看看我會發明什麼把戲來讓你開心。

奧亥斯特 我會孤單到死。之後……

第一復仇女神 加把勁，姊妹們，他氣餒了。妳們看，他的眼睛放大了，很快地，他的神經就會在恐懼的絕妙琶音之下，像豎琴的弦一樣鳴響著。

第二復仇女神 很快地，飢餓會把他驅逐出這個庇護地，今晚之前我們就能品嘗到他的血。

奧亥斯特 可憐的愛勒克特！

師保上場。

第五場

人物：奧亥斯特、復仇女神們、師保

師保　唉呀，我的主子，您在哪裡？四下伸手不見五指。我帶了點食物給您。雅高城的人民包圍了神殿，您是別想出去了，今夜我們試著逃走。現在先吃點東西吧。（復仇女神們擋住他的路）啊！這些是誰啊？又是一些怪力亂神。我多麼想念雅典故鄉啊，在那裡我的道理就是大家的道理。

奧亥斯特　別試著靠近我，她們會活生生把你撕了。

師保　慢點，美人兒們。諾，如果我的供奉能讓妳們安靜下來的話，把這些肉和水果拿去吧。

奧亥斯特　你說，雅高城的人聚集在神殿前面？

師保　可不是嗎！我真不知道是這些美麗的小女子，還是您那些珍愛的子民，哪個會更險惡更激烈，對我們危害更大呢。

奧亥斯特 好了。（停頓一會兒）打開這扇門。

師保 您瘋了嗎？他們就在門後面，手拿著武器。

奧亥斯特 照我說的去做。

師保 就這一次，容許我不服從您。我跟您說，他們會用石頭砸死您。

奧亥斯特 我是你的主人，老傢伙，我命令你打開這扇門。

師保半打開門。

師保 唉！呀，呀！唉！呀！呀！

奧亥斯特 兩邊都打開！

師保半打開門，躲在一邊門後方。群眾猛烈推開兩邊門扇，呆愣在門邊。強烈的光線。

第六場

人物：上一場人物、群眾

群眾 去死！去死！石頭擲死他！撕裂他！去死！

奧亥斯特 （充耳不聞他們的叫聲）太陽！

群眾 褻瀆者！殺人犯！屠夫。我們會把你五馬分屍。我們會把燒熔的鉛澆上你的傷口。

一個女人 我要挖出你的眼珠。

一個男人 我要吃了你的肝。

奧亥斯特 （站起身來）你們來了，我忠誠的子民們！我是奧亥斯特，你們的國王，阿加曼農的兒子，今天是我冠上皇冠的日子。

群中低聲抱怨，尷尬而狼狽。

你們不再叫喊了？（群眾不再出聲）我知道，我讓你們害怕。一天都不差的十五年之前，另一個殺人犯站在你們面前，他戴著直到手肘的紅色手套，血的手套，你們並不害怕他，因為你們在他眼裡看到他和你們一樣，他沒有勇氣承擔他的罪行。一個殺人的人無法承受的謀殺就不是個人的罪行，不是嗎？幾乎算一個意外。你們接受那個謀殺犯為國王，然後那樁時日已久的謀殺開始迴盪在城市的城牆內，就像失去主人的狗那樣輕聲呻吟。你們看著我，雅高城的子民們，你們明白我的罪行就是我幹的；我對著太陽大聲承擔，它是我活下去、是我驕傲的原因，你們不能懲罰我，也不能同情我，而這就是你們害怕我的原因。然而，喔我的子民，我愛你們，我殺人是為了你們。為了你們。我前來收回我的王國，你們不接受我，因為我沒有和你們生活在一起。現在，我和你們在一起，喔我的子民，我們以血液連結在一起，我配得上當你們的國王。你們的錯誤、你們的悔恨、你們夜裡的擔憂、艾吉斯特的罪行，所有都算在我身上，我全部擔在身上。不要再害怕你們的亡者，自此他們是**我的**亡者。你們看，你們忠實不去的蒼蠅離開你們而轉向我。但是不要害怕，雅高城的人民，我不會渾身血跡坐上我的受害者的王位。一位神祇答應我這個王位，但我說不。我要成為一個沒有領地、沒有子民的國王。永別了，我的人民，試著活下去。這裡一切都是新的，一切正要開始。對我來說也是，生命要開始了。一個奇特的生命。再聽聽我說這個：有一個夏天，錫羅斯島大鬧鼠患。簡直到處氾濫，老鼠噬咬所有的東西；城裡的居民都相信自己必死無疑。但是有一天，來了一個吹笛者。他站在城中心——就像這樣。（他站起身）他開始吹笛子，所有老鼠都蜂擁過來到他身邊。他開始大步往前走，就像這樣。（他走下座壇）對著錫羅斯島的居民大喊：「讓開來！」（群眾讓開）所有的老鼠遲疑地抬起頭——就像這些蒼蠅。你們看！看這些蒼蠅！然後突然間，牠們急急忙忙跟在他身後走。吹笛人和鼠群便從此消失了。就像這樣。

他走出場，復仇女神們大吼著跟著他。

落幕

沙特年表

一九〇五年 出生於法國巴黎。

一九二四年 開始於巴黎高等師範學院求學，該校的入學選拔考試以競爭激烈著稱，堪稱法國思想的搖籃。

一九二九年 取得哲學博士學位，並開始於勒阿弗爾高中（Lycée du Havre）執教。

一九三三年 前往柏林，進修胡塞爾現象學，並陸續寫了《自我的超越》（*Transcendance de l'Ego*）、《想像》（*L'Imagination*）等現象學研究論文。

一九三七年 發表短篇小說〈牆〉，並於兩年後收錄於小說集《牆》出版。

一九三八年 第一本長篇小說《嘔吐》出版。此書原名「憂鬱」，後沙特接受出版社建議修改題名。

一九三九年　受徵召入法國軍隊，但被德國人俘虜，並在戰俘營中度過了九個月。逃出戰俘營後，沙特回到巴黎創辦了一個抵抗組織，名為「社會主義與自由」（Socialisme et liberté）。

一九四三年　發表最重要的代表作《存在與虛無》，提出「存在先於本質」的主張，並以此奠定其學術地位。同時也加入抵抗組織，為《法國信使報》和《法蘭西文學》做工作。

同年，伽利瑪出版社出版了沙特的劇作《蒼蠅》。

一九四四年　沙特的新戲《密室》公演，大獲成功，戲劇中的台詞「他人即地獄」成為沙特最為人熟知的名言之一。其後沙特陸續有許多劇本創作。

一九四五年　與西蒙·德·波娃創立《現代雜誌》（*Les Temps modernes*），以批判性的分析文章、戰鬥的風格在新聞界與政治圈引起了一陣騷動。

沙特於戰爭期間完成了多卷本長篇小說《自由之路》（*Les Chemins de la liberté*），包括第一卷《理性時代》（*L'Age de Raison*）和第二卷《延緩》（*Le

Sursis）。

同年十月，沙特在現代俱樂部發表了著名的「存在主義是一種人道主義」演講。

一九四八年　受邀擔任革命民主同盟執行委員，開始介入政治活動，但不久就和其領導人胡賽之間產生分歧並且日趨嚴重。

一九五一年　卡繆的小說《反抗者》出版，譴責訴諸暴力的革命方式。沙特隨即於《現代雜誌》刊登大力抨擊《反抗者》的評論，引起公眾注目，兩人也從此分道揚鑣。

一九五二年　在政治上逐漸傾向共產黨，發表《共產黨人與和平》（*Les communists et la paix*）試圖說明共產黨和工人間的關係，分析造成罷工失敗的根源。沙特的政治立場轉向雖然得到編輯部大部分人的贊同，但仍導致一些人離開了《現代雜誌》，其中包括梅洛-龐蒂。

一九五四年　公開反對法國和阿爾及利亞的戰爭，當局因此指控其「有害國家安全」。

一九五五年　和西蒙·德·波娃應邀到中國訪問。同年十一月，中國《人民日報》發表了沙特的文章〈我對新中國的感受〉。

一九六〇年 在古巴最大的報紙《革命報》主編的邀請下與西蒙・德・波娃訪問古巴，稱讚古巴「是一種直接的民主制」，並感嘆「這是革命的蜜月」。同年，兩人訪問巴西，在里約熱內盧大學公開抨擊戴高樂和馬爾羅，使得沙特被視為法國的敵人。從此不斷受到暗殺威脅。

完成了第二部重要的哲學著作《辯證理性批判》（*Critique de la raison dialectique*）的第一部分，其中《存在主義與馬克思主義》一文引起回響；而該著作的第二部分則一直沒有完成。

一九六三年 《現代雜誌》刊登了沙特的自傳性小說《詞語》。

一九六四年 獲得了諾貝爾文學獎的提名並獲獎；但沙特拒絕領獎，理由是他一向否定官方的榮譽；在晚年的口述中，他表示，拒絕領獎是因為它把作家和文學分等級。

一九六八年 法國大學發生反對越南戰爭和校規的學運；沙特與波娃等人發表了支持學生行動的聲明，並前往大學發表演講。

一九七三年 擔任了左派報紙《解放報》（*Libération*）的主編。此時沙特眼睛已經近乎失明，生活上多由西蒙・德・波娃與其養女照顧。

一九八〇年 沙特逝世。終身伴侶西蒙・德・波娃在他去世後，以沙特最後十年生活為基礎，寫了回憶沙特的作品《再見沙特》和沙特的書信集《與沙特的對話》。

GREAT! 69 **密室與蒼蠅**

作者	沙特（Jean-Paul Sartre）
譯者	嚴慧瑩
封面設計	莊謹銘
排版	張彩梅
主編	徐　凡
責任編輯	吳貞儀
國際版權	吳玲緯、楊　靜
行銷	闕志勳、吳宇軒、余一霞
業務	李再星、李振東、陳美燕
總經理	巫維珍
編輯總監	劉麗真
事業群總經理	謝至平
發行人	何飛鵬
出版	麥田出版 地址：115020台北市南港區昆陽街16號4樓 電話：(02)2500-0888　傳真：(02)2500-1951
發行	英屬蓋曼群島商家庭傳媒股份有限公司城邦分公司 地址：115020台北市南港區昆陽街16號8樓 網址：www.cite.com.tw 客服專線：(02)2500-7718｜2500-7719 24小時傳真專線：(02)-2500-1990｜2500-1991 服務時間：週一至週五09:30-12:00｜13:30-17:00 劃撥帳號：19863813　戶名：書虫股份有限公司 讀者服務信箱：service@readingclub.com.tw
香港發行所	城邦（香港）出版集團有限公司 地址：香港九龍土瓜灣土瓜灣道86號順聯工業大廈6樓A室 電話：+852-2508-6231　傳真：+852-2578-9337
馬新發行所	城邦（馬新）出版集團【Cite(M) Sdn Bhd】 地址：41, Jalan Radin Anum, Bandar Baru Seri Petaling, 57000 Kuala Lumpur, Malaysia. 電話：+603-9056-3833　傳真：+603-9057-6622 電郵：services@cite.my
麥田部落格	http://ryefield.pixnet.net
印刷	漾格科技股份有限公司
初版一刷	2025年6月
定價	420元
ISBN	978-626-310-863-9（平裝）
EISBN	978-626-310-861-5（EPUB）

國家圖書館出版品預行編目資料

密室與蒼蠅／沙特（Jean-Paul Sartre）著；嚴慧瑩譯.
--初版.--臺北市：麥田出版：英屬蓋曼群島商家庭傳媒股份有限公司城邦分公司發行, 2025.06
面：　公分.--（Great！；RC7069）
譯自：HUIS CLOS suivi de LES MOUCHES.
ISBN 978-626-310-863-9（平裝）

876.55　　114002835

城邦讀書花園
www.cite.com.tw

Printed in Taiwan.
本書若有缺頁、破損、裝訂錯誤，請寄回更換。